사랑도
말을 알아들었으면
좋겠습니다

사랑도 말을 알아들었으면 좋겠습니다

김남희 지음

學而思 | 학이사

삶에 첫사랑 같은 달콤함이 묻어있기를

가을이 되면 삼백 년 전 기억의 환생처럼 누군가를 기다립니다. 푸른 하늘을 바라보다 별똥별을 기다리고, 하늘거리는 코스모스에 지문 같은 기억을 소환합니다. 쓰지도 달지도 않은 커피 한 잔을 마시며, 그 한 잔을 함께 나눌 '그를' 기다립니다. 기다림은 내 삶의 무늬처럼 배있습니다. 사물이었다가, 감정이었다가, 시간이기도 하여 달의 뒷면처럼 보이지는 않지만, 반드시 존재하는 그런 것들입니다.

기다림을 만들어 더 이상 주체할 수 없을 땐 글을 씁니다. 글을 쓰고 책을 읽고 나무를 봅니다. 나무가 지루해지면, 나무 위에 마음을 걸어둔 채 바람을 따라 길을 나섭니다. 그렇게 몇 계절을 돌다 세상 밖으로 나온 글이 바로 『사랑도 말을 알아들었으면 좋겠습니다』입니다. 내 안의 온도와 경험들, 그리고 바람을 따라나선 여행의 뜰을 담았습니다.

1부 '일상의 온도'는 하루의 틈새에서 채집한 시간의 숨결들이며, 2부 '내 안의 별'은 스스로에게 건네는 작은 속삭임입니다. 3부 '자연의 위로'에서는 바람과 나무, 구름과 별을 노래했고, 4부 '길 위의 사색'에서는 떠남과 머묾의 의미를 생각해 보았습니다.

삶이 자연수처럼 명확히 정의되지 않더라도, 적어도 내 안에서만큼은 분명하게 표현해 보려 애를 썼습니다. 『사랑도 말을 알아들었으면 좋겠습니다』는 순대를 좋아하고, 커피와 갓 구운 빵을 사랑하며, 화성의 푸른 노을을 그리워하는 이야기가 들어있습니다. 자신과 대화할 수 있는 시간이 많은 날들은 내 안의 숨은 그림자를 찾듯 꼼꼼히 돌아보았고, 소리 내어 울어도 위로가 되지 못한 날들은 딱 그만큼에서 멈춰버렸습니다. 그것이 나의 무늬이기에 그런 옷을 입기로 했습니다.

인생은 드라마가 아니라 다큐멘터리라는 말에 공감합니다. 삶이 너무 다큐 같아 지루한 날도 첫사랑 같은 달콤함이 묻어있기를 바랍니다. 너무 사랑하면 그 사람의 첫사랑을 알고 싶지 않다고, 올 계절엔 그 사람의 첫사랑을 알고 싶지 않은 날들이 지속되었으면 좋겠습니다.

늘 그렇듯 주극성을 향해 나아갑니다. 아마도 별을 기다리

듯 기다림은 계속될 것 같습니다. 커피 위에 별이 뜨는 날을 기
다리고, 좋은 사람이 이기는 세상을 기다립니다. 이왕이면 감
정이 행복한 감정을 만들었으면 좋겠습니다.

2026년 1월 어느 날
김남희

일상의 온도
— 숨 쉬는 바람에도 파르르 떠는 나뭇잎

낫

왼손 엄지손가락 두덩에 흉터가 하나 있다. 낫 자국이다. 칼로 벤 상처라고 하기엔 다소 두껍고 뭉툭하다. 길이도 제법 길어 손을 놀릴 때마다 사람들의 눈에 띄어 신경이 쓰인다. 손을 펴 상처를 살펴본다.

어린 시절 소 꼴을 베러 가는 언니를 따라나섰다가 언니의 낫에 찍힌 자국이다. 아마도 그날 소 꼴을 베와 아버지로부터 칭찬받고 싶었던 모양이다.

소 풀 담당은 언니였다. 오빠가 있었지만 일찍부터 도시로 유학을 떠난 터라, 재산 목록 1호 소 담당은 내 바로 위 둘째 언니였다. 몸도 약하고 손도 느린 나와 비교해 언니는 손도 재바르고 농사일도 잘했다. 낫질도 제법 잘해 고만고만한 어른보다

낫다는 이야기를 자주 들었다.

언니가 소 꼴을 베와 자신보다 더 큰 보자기를 마당에 풀어 헤쳐놓으면 마당에서는 풀 냄새가 진동했다. 언니의 꼴 무더기는 멍석을 가득 채우고도 남아 나 역시 놀라곤 했다. 그런 여장부 같은 모습에 아버지는 늘 언니를 칭찬했고, 아버지로부터 인정받는 언니가 부러웠다. 낫질이 서툰 나는 방을 닦거나 동생을 돌보는 일 등 표시 나지 않는 일을 주로 했다.

아마도 그날은 뭔가 결과가 있는 일을 하여 아버지를 기쁘게 해드리고 싶었던 모양이다. 언니가 소 꼴을 베러 간다는 이야기를 듣고 슬며시 따라나섰다. 걸리적거린다고 데리고 가지 않을 것 같아 언니보다 먼저 지름길을 선택했다. 골목 어귀까지는 몰래 따라붙었는데 외길에서 언니랑 맞닥뜨리고 말았다. 언니가 화들짝 놀라 낫을 치켜든 것이 그만 내 손을 찍고 말았다. 피가 나는 줄도 모르고 울며 떼를 썼다.

순간 언니의 새파랗게 질린 얼굴이 눈에 들어왔다. 손을 부르르 떨며 소 꼴 보자기를 찢어 얼른 내 손을 동여매는 언니는 나보다 더 속상해했다. 결국 손이 다 나으면 데려가겠다는 다짐을 받고 나는 집으로 향했다. 그렇게 나는 크로노스의 낫자국이 생겼다.

아버지는 매일 아침 낫을 갈았다. 아버지의 낫은 생존과 죽음의 양면성을 띠고 있었다. 폭력적인 권력에 저항하는 절규이기도 하고, 외세의 침략에 대항하는 무기이기도 한 낫은 아버지에게는 삶의 쟁기 같은 것이었다. 아버지는 낫을 들고 땅을 일구었고, 낫을 들어 우리 가족을 먹였다.

온종일 벼를 베 무뎌진 낫을 숫돌에 얹어 검푸른 빛이 햇빛에 투영될 때까지 갈았다. 아버지의 낫 가는 소리에 종종 아침잠을 깨곤 했다. 쓱싹쓱싹 소리는 잠의 신을 몰아내고 아침의 신을 불러들였다. 잠에서 깬 나는 아침 햇살에 빛나는 아버지를 보았다.

아버지가 숫돌에 얹는 첫 번째 낫은 수탉 볏 모양의 굵은 낫이었다. 나무를 베거나 가지를 꺾을 때 사용하는 아버지 전용 낫으로 끝이 얄팍한 어머니의 낫과는 차이가 있었다. 아버지는 그 낫으로 검붉은 오디 가지를 꺾어오거나 다닥다닥 붙은 산딸기나무를 꺾어오곤 했다. 아버지의 낫에 들려온 오디나 산딸기를 벌꿀처럼 먹었다.

두 번째 낫은 논두렁을 깎는 낫이었다. 모를 심은 무논에 풀이 번지지 않게 자작하게 논두렁을 깎았다.

아버지가 깎아놓은 논두렁을 보고 수염 깎은 논이라며 손으로 만져보곤 했다. 수염이 깎인 논은 매끈하고 자작하니 아주 부드러웠다. 기계처럼 깎인 논두렁을 바라보며 농부도 예술가가 될 수 있음에 감탄하곤 했다.

어머니의 낫까지 갈고 난 후 마지막으로 아버지가 빼 든 것은 언니의 낫이었다. 좀 덜 날카롭게 갈아 손을 다치지 않게 하였는데, 아마도 날카로운 낫이 딸의 손을 벨지 걱정되셨던 모양이다.

그런 탓에 내 손에 난 상처도 그리 날카로운 낫 자국은 아니다. 나도 낫을 갖고 싶었으나 아버지는 나에게만은 낫을 허락하지 않았다. 가끔 헛간 기둥에 꽂혀있는 녹슨 낫을 아버지 몰래 빼 들고 집 뜰에 자란 잡풀이나 노랗게 핀 키다리 꽃을 꺾곤 했는데, 녹슨 낫은 내 맘대로 잘 베지지 않아 재미가 없었다. 낫질도 못 하는 내가 소 풀을 벤다고 언니를 따라나섰으니, 언니가 얼마나 황당하였겠는가.

요즘 마음속 낫을 꺼내어 숫돌에 간다. 아버지가 새벽마다 쓱싹쓱싹 낫을 갈던 그 손길을 흉내 내며 나만의 상처와 의지를 벼려낸다. 언니의 낫이 내 손등을 긋던 그 날의 기억은 나를 더 깊게 베고 다듬었다. 오래된 흉터는 내 삶의 일부가 되었고, 그 흉터는 그리움으로 가려지고 있다.

낫은 단순히 풀을 베는 연장이 아니다. 그것은 아버지의 책임감이었고, 언니의 성실함이었고, 나의 열망이었으며 시대를 관통하는 저항의 상징이기도 했다. 세월은 낫을 창고 구석으로 밀어넣었지만, 낫은 여전히 내 안에서 새로운 형태로 살고 있다. 나를 깎고 다듬고 지탱하는 도구처럼.

누군가를 해치기 위한 낫이 아니라 누군가를 감싸고 일으키는 낫을 갈고 싶다. 내 안의 낫이 사랑의 모양으로 벼려지길, 쓰임을 몰라 무뎌지지 않기를 바란다.

오늘도 낫을 간다. 나의 말과 마음 손끝과 시선을 숫돌에 문지른다. 그것이 살아있는 증거이며 삶을 가꾸는 방식이다. 내 마음속 낫 하나를 들고 누군가의 들판을 조용히 거닐 수 있었으면 좋겠다. 아버지의 낫처럼, 언니의 낫처럼, 누군가의 마음을 예쁘게 가꿀 수 있는 낫이 되기를 바란다.

우리 동네 홍반장

드라마 〈갯마을 차차차〉에 나오는 홍반장이 동네에도 한 명 있다. 남편이다. 성이 '홍'인 남편을 다문화가정 외국인들이 '홍반장'이라 부르며 생긴 별명이다. 지금은 샤워 중이다. 9월 초입이지만 더위가 가시지 않았는지 찬물로 몸을 식히려는 순간 휴대전화가 울린다.

"전화 받으세요, 전화 받으세요."

급히 몸을 닦은 홍반장은 영어로 왈라셸라 전화를 받는다. 저녁 열 시가 넘은 시각이다. 이 밤중에 누가 무슨 일로 전화를 한 것일까?

외국인과 통화를 하는 것 같은데 귀를 쫑긋 세워도 알아들을 수가 없다. 급하게 전화를 끊은 홍반장이 이번에는 어딘가로 전화를 건다. 겨우 중요 부위를 가리고 있던 수건 한 장이 툭 떨어진다.

"119죠? 대신아파트 103동 905호에 외국인이 쓰러졌습니다."

침대에서 쓰러진 외국인이 머리에 피가 나고 정신도 온전치 못하다며 급하게 119를 찾는다. 저쪽에서는 외국인이 한국말을 할 줄 아느냐고 묻는 것 같았고, 홍반장은 잘 모르는 것 같다고 대답한다. 상대방은 또다시 통역을 부탁하는 것 같고, 홍반장은 영어를 잘하지는 못하는데 약간의 소통은 가능하다며 얼버무린다. 그러면서 자신도 가보겠다고 한다. 외국인의 집에 다시 전화해 119가 곧 도착할 것이라며 부인을 안심시킨다.

다급하게 옷을 입으며 외출 준비를 하는 홍반장에게, 궁금증을 참지 못해 물었다. 얼마 전 수도를 고쳐주어 친구처럼 지내던 외국인 부부가 있었는데, 남편이 쓰러졌다는 것이다. 경황 중에 자신에게 전화한 것 같다며 아마도 한국말이 서툴다 보니 119 부르기가 어려워 도움을 요청한 것 같다고 했다.

그리고 보니 홍반장은 동네에서 제법 유명하다. 한국인이든 외국인이든 구분하지 않고 사람들을 도와준다. 싱크대를 고치러 갔다가 쌀 포대를 부엌으로 옮겨주기도 하고, 그림 액자를 달기 위해 못질할 일이 생기면 말 안 해도 걸어주고 나온다. 지금 전화한 부인도 미군 부대에서 아이들을 가르치고 있고 남편은 퇴역한 군인이라며 수도꼭지에서 물이 새 애태우던 것을 홍반장이 고쳐주어 친하게 되었다고 했다. 그 후 가끔 문자로 안부를 주고받으며 친하게 되었다고 한다.

홍반장이 무사히 외국인을 119구급차에 태워 병원으로 후송한 모양이다. 집으로 돌아온 홍반장의 모습은 긴장한 탓인지 온몸이 땀에 절어있다. 걱정되던 차에 이것저것 물어본다. 남편은 외국인의 상태에 대해 119 대원에게 자세히 설명해 주었고, 병원을 따라나서는 부인에게도 신발이며 결제카드까지 챙겨가야 한다고 일러주었다고 한다. 부인은 홍반장이 자기 부부를 구했다며 의료진에게 여러 번 "He saves us."를 되풀이하며 고마움을 표했다고 한다.

홍반장은 평소 영어 공부하는 것을 좋아한다. 내가 드라마를 보고 있을 때 그는 영어 단어 공부를 하는데, 그럴 때면 서로 방해된다며 옥신각신한다. 〈갯마을 차차차〉 같은 드라마를 보는데 시끄러워서 들리지 않으니 짜증을 내기 일쑤고, 그는 영어 공부는 하지 않고 쓸데없는 드라마만 본다며 나무란다.

홍반장이 영어 공부를 해 외국인을 도와주는 것은 분명 좋은 일이긴 하다. 그러나 그 또한 이타심이라기보다는 본인의 천성적인 오지랖임을 안다. 정작 집에서는 싱크대가 고장이 나도 모른 척하고 못 하나 치는 데도 며칠이 걸리는 것만 봐도 알 수 있다. 남의 집 싱크대는 그리도 잘 고쳐주고 쌀 포대까지 부엌으로 옮겨주면서 집안일은 왜 그리 등한시하는지.

무엇보다 이번 일로 그의 오지랖이 날개를 달아 나에게도 영어 공부를 강요하지 않을까 걱정이 앞선다. 영어 공부보다 드라마가 더 좋다. 남편 혼자 동네 홍반장인 것만으로 족하다.

비

덕진호가 고즈넉하다. 비가 오는 날이라 사람들이 뜸 한
건 뜻밖의 행운이다. 비의 품이 따뜻하다는 건 이러한 풍경을
두고 한 말일 것이다. 오래된 우산을 쓰고 비의 품을 걷는다.
덕진호에 빗물이 동그라미를 그리며 파문波紋을 연다.

집을 나설 때는 안개비가 내렸다. 모든 경계를 흐리게 만
드는 부드러운 비였다. 고속도로를 달리는 동안 비는 가랑비처
럼 흩날리다가, 어느 순간 햇살처럼 직선으로 쏟아지는 소낙비
가 되었다. 휴일이었기에 비가 오든 말든 신경 쓰지 않았다. 다
만 일행들과 독서 기행을 약속한 터라 비로 인해 일정이 취소
될지 걱정이었다. 다행히 전주의 덕진공원을 둘러보고 동네 책
방과 서점 탐방을 할 생각이라 일정에는 지장이 없는 듯 보였

다. 덕진공원에 와 보니 오히려 비가 와 분위기를 더한다. 비는 우산을 쓰고 '시간을 채집할 정도'의 농도다. 시간을 채집하는 것이 사진이라면 나는 사진 속 풍경을 채집한다. 셔터를 누르고 1초의 순간을 내 마음에 저장한다.

연못엔 흰뺨검둥오리 한 쌍이 오리배 방해 없이 고요히 물결을 가른다. 오늘 오리배는 부두에 묶여 모처럼 휴식을 취한다. 오리배가 쉬는 날, 오리는 가장 신날 것이다. 아무리 생명 없는 플라스틱이라 해도 오리보다 덩치도 크고 빠른 존재이니, 흰뺨검둥오리에게 오리배는 언제나 경쟁자이자 침입자다.

오리는 자기보다 훨씬 큰 오리배의 정체를 무엇이라 생각할까. 외계 오리라고 생각할까. 문득 궁금해진다. 그런저런 생각이 연못 건너편 산책길에 닿는다.

연못은 건너편 길을 훤히 보여주기에 바다보다 친근하다. 바다는 끝을 알 수 없어 두려움을 부른다. 사람의 마음도 마찬가지이다. 속이 훤히 보이는 사람은 두렵지 않고, 끝이 보이지 않는 사람은 바다처럼 아득하다. 나는 어떠할까. 누군가 '기분 나쁜 일이 있으면 얼굴에 다 드러난다'며 나에게 말했을 때, 그 말이 마음에 걸려 괜스레 불편했었다. 내 속을 들킨 듯 부끄러웠다. 그러나 지금 생각해 보면, 그는 나를 두려워하지 않았겠다 싶다.

마음이 다 드러난다는 건, 작다는 게 아니라 투명하다는 뜻이다. 마음은 늘 변화무쌍하지만 바다가 되기도 하고 연못이 되기도 한다. 인간의 마음은 때로는 바다보다 깊어 그 속이 바다인지 연못인지조차 분간할 수 없을 때가 가장 두렵다. 오늘처럼 하늘의 기분을 알 수 있는 초록비가 내리는 날은 아주 작은 연못이어도 괜찮겠다 싶다.

하필이면 빨간 날이라 오늘 연화정 도서관이 휴관이라 한다. ‘책 꽃 필 무렵’과 ‘책 꽃 달힐 시간’이 기록된 연화정 도서관은 새로 단장한 듯 옛 정취를 살려 보이지 않는 시간의 결을 품고 있다. 불 꺼진 도서관 내부는 책이 책을 보는 듯 조용하고, 별똥별을 전시해 놓은 ‘우주의 돌 마당’은 시간여행을 다녀온 별의 이야기가 가득하다. 오래된 것은 그리움을 두른다고, 옛 풍류객들이 모이던 자리에 세워진 이 도서관 겸 정자에서 바라보는 덕진호는 도시의 그리움을 덧입힌다.

연화교를 걸으며 빗방울이 떨어져 연잎에 쌓이는 연꽃을 본다. 연잎 위로 또르르 구르는 빗방울이 다른 빗방울을 모으고, 모인 물은 연못으로 폭포처럼 떨어진다.

잠시 세상을 잠재우는 듯한 빗소리, 그 평화로움이 참 예쁘다. 정해진 약속에 따라 이곳에 왔지만, 이렇게 고즈넉하게 비를 바라볼 수 있음이 큰 선물이다. 이런 날이 아니었다면, 연잎 위에 떨어졌다가 데굴데굴 굴러 내리는 빗방울을, 마음의 감정처럼 스쳐왔다가 모든 것을 적시는 그리움의 예고장을 보지 못했을 것이다. 피리는 달빛 아래서 들어야 청아하고, 비는 정자 위에서 내려다보아야 정취가 산다. 베르나르 베르베르가 개미에게 격을 부여했듯, 나도 비에게 격을 부여해 본다.

잠시 비를 피해 처마 밑에 앉는다. 연화교 아래 숨겨진 줄에서 그네를 타는 새를 보며 비를 피할 수 있는 공간이라 생각한다. 문득 폭우처럼 쏟아지는 옛 기억을 떠올리며 내 인생에도 폭우가 있었고, 장맛비가 있었고, 단비도 있었음을 기억해 낸다. 아버지가 돌아가시던 날은 살얼음 같은 눈비가 쏟아졌고, 세상의 모든 색이 씻겨 내려가던 날엔 어머니마저 떠나셨다. 돈이 없어 삶이 바짝 마른 거북 등 같았던 날에도 비는 내렸고, 그 비는 기적처럼 위로가 되었다. 그런 날들이었기에 나는 이제 비를 채집하듯 살아온 내 인생에 위로를 건넨다. 비에도 격을 부여하며 자연과 인간의 공존을 이해한다. 눈물보다 맑은 비를 보며 촉촉한 바람 사이로 미처 깨닫지 못한 감정들을 깨운다.

오늘의 비는 젖지 않을 만큼만 내리기를, 연잎 위 빗방울을 감상할 수 있을 정도로 여유 있는 비이기를, 하늘을 보며 바란다. 그런 비를 채집하며 오늘의 나를 기록한다.

솥

텃밭으로 쫓겨난 솥을 본다. 역사를 잃은 병풍처럼 녹이 슬었다. 뚜껑 없는 몸피가 한쪽으로 쏠려 무덤에 든 별처럼 고요하다. 세월은 중력이 되어 무쇠솥을 끌어당긴다.

솥의 나이를 가늠해 보니 족히 사십은 넘어 보인다. 어머니의 신혼살림이었을지도 모른다고 생각하니 그보다 훨씬 더 오래되었을 것 같다.

내 기억 돌기에 박힌 솥은 오래전 겨울날부터 시작된다. 솥에 물을 붓고 군불을 지피던 아버지를 떠올린다. 추위도 뚫지 못하는 굳은살 손으로 부엌 아궁이에 불을 지핀 아버지는 솥에 물을 붓고 식은 밥을 데우고 계셨다. 양은 양푼에 찬밥을 넣고 물을 반쯤 채운 솥에 양푼을 띄워 솥뚜껑을 닫았다. 생솥

가지의 연기가 눈물 한소끔 훑고 지나가니 아궁이에 불이 붙었다. 시뻘건 불은 세를 늘려 아궁이 천장에 닿았고, 이어 두꺼운 가마솥을 지지는 소리를 냈다. 그 열기가 구멍 뚫린 흙벽 부엌을 이리저리 달구자, 아버지는 잠시 방으로 걸음을 옮겼다.

죽음의 신 타나토스가 아버지의 뒷덜미를 잡아당긴 것일까. 아버지는 쓰러지셨다. 뇌출혈이었다. 이승과 저승의 갈림길에서 며칠을 헤매시더니 결국 흙의 별이 되셨다. 정작 자신이 데운 양푼 밥은 드시지 못한 채, 자신 무덤 봉분 근처에서 끓인 국 솥 연기만 들이켰다.

아버지는 솥을 소중히 여기셨다. 아침이면 솥밥을 하는 어머니를 도와 불을 때 주기도 하시고, 숭늉을 끓인 가마솥을 들어 숭늉을 따라주기도 하셨다. 솥 안쪽이 자신의 거친 손처럼 피부가 벗겨지면 솥 주변에 참기름을 발라 성형하듯 고운 모습으로 되돌리셨다. 반지르르한 솥에서 밥물 냄새가 솥뚜껑을 뚫고 뿜어져 나오면 마당에서 오징어 놀이를 하는 자식들을 불러 모으셨다. 상을 차리기도 전 꼬르륵거리는 배로 숟가락을 들고 밥상 앞에 모여 어머니가 밥을 퍼 오기를 기다렸다.

밥이 권력의 음식에서 대중의 음식이 될 때까지 아버지의 형편은 나아지지 않았지만, 솥을 채울 쌀알만 있으면 보릿고개 가뭄 정도는 거뜬히 이길 수 있다는 듯 환하게 웃으셨던 아버지. 아버지는 솥을 채우는 일을 자신의 가장 큰 기쁨으로 여기셨다.

아버지가 군불을 지피다 돌아가신 후 어머니는 더 이상 솥에 밥을 안치지 않으셨다. 심지어는 군불조차 때지 않으시고 거처도 사랑채로 옮기셨다. 부엌 중심에 있던 솥은 어머니의 손길도, 아버지의 거친 손길도 없이 외면당한 채 윤기를 잃어갔고 더 이상 부엌에서 살아남지 못했다. 그렇게 솥은 텃밭으로 쫓겨났고, 솥의 쓸모는 전기밥솥으로 대신했다.

어머니는 아버지의 부재를 현실로 받아들일 때쯤 솥을 다시 불렀다. 아버지에 대한 슬픔을 가슴 밑바닥에 숨기고 산고사리를 삶았다. 청산을 누비며 꺾은 고사리를 삶고 산나물을 삶았다. 마른 인생을 삶듯 푹 삶아낸 고사리는 아버지의 제사상 위에 놓았다. 고사리 삶는 일이 끝나면 솥은 다시 텃밭으로 쫓겨났다. 아무 말 없이 자기의 잘못을 인정하듯 텃밭으로 나앉았다.

시대의 변화를 민감하게 받아들이는 것은 솥이다. 전기밥솥이 생기리라는 것을 예견이라도 한 듯 주인의 필요에 잠시 불려왔다가 그 쓸모가 다하면 다시 쫓겨나는 것을 묵묵히 인정했다. 그런데도 솥이 여태껏 고물 장수에게 팔려가지 않은 것은 순전히 솥의 행운이다. 검버섯이 돋은 솥도 새로운 쓸모를 얻었다. 문명의 통상수교거부정책에서 풀려나 새로운 가치를 얻게 된 것일까.

솥의 몸을 빌려 밥심을 든든히 채우고 자란 자식들이 솥뚜껑의 쓸모를 알아차렸다. 천하제일 솥뚜껑 삼겹살의 시대를 맞게 된 것이다.

늦여름이 막 접힐 때쯤 송이를 딴 장손이 동생들을 불러 모았다. 텃밭에 버려진 솥뚜껑을 찾아 소고기와 삼겹살 그리고 송이 파티를 하자며 형제들을 불러 모은 것이다. 콸콸 쏟아지는 시골마당 수돗물에 여러 차례 씻긴 솥뚜껑은 오랜만에 아버지의 손처럼 옛 기억을 더듬으며 참기름으로 단장을 했다. 속살까지 단장을 마친 솥뚜껑은 숯불에 누워 고기를 맞을 채비를 했다. 적당히 달궈진 솥뚜껑에 고기를 얹고 송이를 얹는다. 손으로 찢은 송이 속살이 밥보다 더 뽀얗게 즙을 만든다. 푸른 하늘도 송이 향에 이끌려 더욱 푸르고 참매미 또한 노래를 부른다. 젓가락을 든 형제들이 너도나도 소고기와 송이를 겹쳐 집어 든다. 갓 짠 참기름에 송이 끝을 살짝 찍어 입으로 가져가는데, 음! 고소함이 입안 가득 육즙처럼 퍼진다. 소고기와 송이버섯은 여자와 남자처럼 궁합이 맞다. 솥뚜껑 위 고기는 신혼부부처럼 달콤하다. 거품 푼 갈색 맥주잔이 연기 위를 맴돌고 솥밥 형제들의 웃음소리가 모처럼 울려 퍼진다.

솥도 제 쓸모를 알았는지 몸피를 굴리며 웃는다. 견디고 인내한 자기의 모습이 기특한가 보다. 우직한 것이 쇠를 닮아서일까. 내 안에서도 솥처럼 인내하고 싶다는 생각이 든다. 어머니와 아버지도 모처럼 자식들의 웃음에 기분이 좋을 것이다. 사람 사는 냄새가 난다.

푸른 노을

설을 쉰 지 며칠 지나지 않았는데 벌써 정월 대보름이다. 정월 대보름이 되면 내가 자란 시골에서는 달집태우기를 한다.

어린 시절 아버지는 청솔가지를 꺾어 달집을 만드셨다. 마을 어른들과 함께 회관 앞 공터에 커다란 달집을 짓고, 보름날 저녁이 되면 태웠다. 애써 지은 달집을 몽땅 태우는 것을 보고 처음에는 의아하게 생각했었는데 마을의 액운을 없애주고 풍년을 기원하는 의식임을 알고는 그날만 기다렸다.

그해 달집 크기가 크면 클수록 내 기분도 보름달처럼 부풀었다. 어른 한두 명이 드나들 수 있는 달집이 완성되면 눈치껏 달집 속에 숨어들곤 했다. 위험하다며 얼씬도 못 하게 하였지만 몰래 숨어 들어간 달집은 아늑하고 포근했다. 코끝으로 전해지는 소나무 향은 나무의 심장 속에 있는 것처럼 정신을 맑게 했다.

그렇게 지어진 달집은 보름날 초저녁이 되면 푸른 연기를 내며 불을 뿜었다. 시뻘겋게 불길이 타오르면 마을 어른들은 두 손을 모으거나 고개를 숙였다. 저마다 소원을 빌며 그해의 풍년을 기원했다. 엄숙하고도 환한 불길을 보면 묘한 감정이 일었다. 불길 속을 막 헤집고 나온 것처럼 마음도 뜨겁게 달아올랐다. 큰불이 피어오를 때쯤엔, 하늘에 둥근달이 떴다. 땅의 불을 이어받기라도 한 듯 둥근달의 얼굴은 마을을 비추었다.

하늘에 관심을 두게 된 것은 아마 그즈음이었을 것이다. 달과 별 그리고 태양이 번갈아 가며 하늘에 나타나는 현상은 알라딘의 램프처럼 신비로웠다. 까만 하늘에 보석처럼 박혀있는 별은 금방이라도 살아 움직일 것 같았고, 눈을 깜빡이며 그 사이를 유영했다. 별과 별 사이를 헤집고 다니는 우주선처럼 마음은 하늘 속에서 이곳저곳을 쏘다녔다.

저녁노을은 하늘이 그리는 정물화였다. 지구가 만들어내는 시간 중에서 가장 좋아하는 시간이기도 한 노을은 일 년 내내 달집의 불꽃처럼 피어올랐다. 대기층에 의한 빛의 산란으로 태양의 붉은 파장이 끝까지 살아남은 것이 노을이라는 것을 알게 된 것은, 화성의 푸른 노을 사진을 본 직후 더욱 실감하게 되었다.

학창 시절 노을이 생기는 이유를 배웠을 법도 한데 노을은 그저 붉은색이라고만 생각했다. 화성의 푸른 노을은 일본 작가가 쓴 소설 속 낮달처럼 의아하다. 얇은 대기 때문이다. 지구는 대기가 두꺼워 푸른빛이 짧게 산란해 우리가 보는 하늘에 도달하지 못하지만, 화성은 대기가 얇아 푸른빛이 바로 산란해 푸른 노을이 만들어진다. 푸른 노을은 화성의 붉은 흙과 더불어 한 번도 보지 못한 지구 밖 풍경이다. 그러한 이유로 화성의 테라포밍은 기대가 된다.

테라포밍Terraforming은 우주에 있는 행성을 지구화시켜 인간이 거주할 수 있도록 만든다는 것이다. 지구 주변에 있는 항성이나 수성, 목성은 인간이 거주할 수 없을 정도로 척박하다. 달과 수성은 대기가 없어 직접적인 태양풍을 맞아 인간이 살아남을 수 없고, 금성 역시 뜨겁고 대기가 두꺼워 안을 들여다볼 수 없다. 그에 비해 화성은 지구와 가장 닮았다. 화성의 북극과 남극에는 빙하가 존재한 흔적이 있고, 물도 존재한다. 지구와 같은 사계절 변화가 있으며, 밤과 낮을 만들어내는 자전축도 있다. 암석과 붉은 흙으로 덮여있어 지구만큼 충분하지는 않으나 이산화탄소가 대부분을 차지하는 얇은 대기도 존재한다.

화성의 하늘에 대기가 흩어지지 않게 할 수만 있다면 인간이 살 수 있도록 테라포밍이 가능할지도 모른다. 1965년 이후 여러 차례의 화성탐사선들이 로보를 싣고 화성을 탐사하고 있다. 그중에서도 큐리어시티 로보Curiosity Rovo가 고개를 내밀고 화성의 노을 사진을 찍었다. 붉은 노을이 아닌 푸른 노을이다. 해가 뜨는 모습과 해가 지는 모습이 비슷한 화성의 푸른 노을은 신비롭기까지 하다. 지금껏 한 번도 본 적 없는 노을 사진이다. 인간이 우주를 개척해 얻은 미지의 선물이며 기적 같은 일이다.

푸른 노을을 보며 꿈꾼다. 과학은 고정된 것이 아니라 변하는 것이라는 것을. 미래도 과학처럼 움직인다. 규칙을 알고 규칙을 변화시키고, 정해진 것을 알고 정해진 것을 변화시키는 것이 과학이고 미래이다.

인류를 걱정하는 사람들은 나와 그들의 꿈, 우리의 꿈을 위해 화성의 푸른 노을을 그들의 책상 앞에 고정한다. 화성을 연구하는 사람들은 끊임없이 도전한다. 인류 최후의 순간을 대비하기 위해 무엇인가를 준비한다.

지구는 대기 먼지로 태양이 가려져 암흑천지가 될 수 있다. 코로나바이러스와 같은 전염병으로 전멸할 수도 있다. 지나가는 소행성이 충돌해 반으로 쪼개질 수도 있으며 인간 스스로 만든 핵무기로 자멸할 수도 있다. 지구에 있는 물, 토양, 대기를 다른 행성에 피신시키면 인류멸망은 피할 수 있고 또 다른 지구 생을 계획할 수 있다. 이것이 화성 테라포밍의 목적이다.

인간의 발이 닿지 못한 화성 테라포밍은 곧 인간을 태운 우주선이 화성으로 갈 예정이라 한다. 지금의 과학기술로는 화성까지 가는 데 6개월 이상 걸리지만, 우리 인간이 화성 여행을 할 수 있어 화성의 푸른 노을을 감상할 그날이 기대된다.

달집태우기를 보러 고향에 들렀다. 불이 난다는 이유로 사라졌던 달집태우기가 소방차를 곁에 두고 다시 시작한다. 거대한 원뿔 모양의 달집에 소원이 적힌 무명천이 바람을 타고 달로 향한다. 어르신들이 풍물놀이를 하며 기를 불어 넣는다. 흐릿한 구름이 달의 얼굴을 가릴까 염려되지만, 구름 속 어딘가에 있을 달을 향해 소원을 빌어본다. 화성의 푸른 노을까지 닿기를 바란다.

해어화

지독한 사랑 영화를 보았다. 한 남자를 사랑한 여인이 자신의 전 생애에 걸쳐 사랑의 복수를 하였다. 보는 내내 가슴이 얼음장 올려놓은 듯 시렸는데 하룻밤을 자고 난 지금도 가슴 한쪽이 쿡 저려온다.

그 여인을 이해할 수 있을 것 같았다. 숨 쉬는 바람에도 파르르 떠는 나뭇잎처럼 충분히 공감하고도 넘쳐 나라도 분명 그렇게 할 것만 같았다. 아직도 영화 속 장면이 머릿속에서 자꾸만 맴돈다. 영화를 보고 이렇게 오래도록 여운이 남는 것은 보기 드문 일이다. 영화가 끝난 후에도 잠을 못 이루었다. 물감에 물들어 제 원래의 색은 어디에도 없는 마음을 침대로 옮길 수도 없었다.

그 영화는 바로 〈해어화〉이다. '해어화'는 기생을 나타내는 말이다. 기생이란 예로부터 '말을 알아듣는 꽃'이라 하여 해어화라 하였다고 한다.

'말을 알아듣는 꽃'이라. 정말 딱 맞아떨어지는 표현이 아닐까. 기생은 여러 분류로 나눌 수 있는데 사대부와 학식을 논할 정도로 공부를 많이 한 기생도 있었다. 전문적인 기생학교가 있어서 미모는 물론 춤과 노래 실력까지 두루 갖추었다고 한다.

몇 년 전에 유치원 아이들과 함께 정가를 배운 적이 있다. 어젯밤에는 무심코 주인공 '한효주'가 정가를 부르는 장면을 목격하게 되었다. 그 소리에 끌려 영화에 붙박이가 되었다. 정가는 전통 성악의 한 갈래로 민간의 성악곡이라고 한다. 국악 선생님으로부터 아이들과 함께 정가를 배워보니 처음엔 무척 어려웠다. 우리나라 노래이기는 하지만 동요와는 다른 호흡과 박자를 가지고 있어 낯설게 느껴졌다. 오히려 아이들이 더 빨리 습득하는 것 같았다.

영화는 기생학교 대성 권번의 교육을 받은 예인이자 기생인 연희와 소율, 작곡가인 윤우와의 삼각관계를 다뤘다. 윤우는 소율을 사랑했지만, 연희의 목소리에 이끌려 소율의 단짝 친구인 연희를 사랑하게 되고 만다. 유명한 대중가요 작곡가였던 윤우가 〈조선의 마음〉이라는 노래를 부를 가수를 찾았고, 때마침 연희의 목소리에 반해 곡을 준다. 사랑했던 소율을 배신하고 연희와 사랑을 나누게 된다. 사랑이란 왜 이렇게 오래된 호박처럼 물러 터진 것일까. 썩은 나무처럼 줏대도 없고, 인내도 없고, 절개도 없다. 굳은 약속은 윤우와 연희의 키스 장면에서 재가 되어 흩어지고, 소율은 절절한 복수를 결심하게 된다.

이쯤 해서 사랑 흉을 좀 봐야겠다. 사랑은 왜 이렇게 태풍처럼 휘몰아치고, 강물처럼 흘러버리는 것일까. 사랑의 책임은 누구에게 있나. 사람일까, 사람 속 마음일까. 그것도 아니면 바람처럼 아무 곳에나 내려앉는 이슬 같은 것일까. 처음 사랑은 거짓이고 나중 사랑이 진짜라는 것은 어느 교과서에 나오는 대목인지. 복수의 사랑, 소율의 것은 잘못된 사랑이고, 기차에 뛰어들어 사랑하는 연희의 죽음을 따라가는 윤우의 사랑은 절절한 사랑인가. 아주 고약하고 파괴적인 것이 사랑의 뒷면이다. 달의 뒷면처럼 보이지 않는 속내를 가지고 있어 음흉하다.

소율은 자신의 분노, 배신, 울분을 삼키며 조선 최고 권력자인 히라타 기요시의 여자가 되어 그의 힘을 이용한 복수를 시작한다. 연희를 도와주는 척 연희의 앨범 발매를 중지시킨다. 괴로워하던 윤우는 사고를 치고 감옥에 가게 된다. 이 모든 것이 소율의 복수극으로 시작되었다.

감옥에서 나온 윤우가 소율에게 찾아와 연희의 소식을 묻는다. 소율은 말한다.

"오라버니, 내가 왜 경성 최고 권력자인 히라타 기요시한테 몸을 팔게 되었는지 그것을 물어보는 게 먼저지…."

나는 소율이의 절규에 가슴이 미어지는 것 같았다. 적절한 답변을 기대했으나 윤우는 끝내 아무런 대답도 하지 않는다. 참으로 미운 사내다. 사내의 마음이 이런 것일까. '한 번쯤 사랑했었노라' 그렇게 말해주면 가시가 돋치나? 윤우는 아무 말 없이 사라진다. 소율은 사랑했던 남자, 윤우의 노래를 부르고 싶었던 모양이다. 윤우에게 작곡을 부탁한다. 윤우는 사랑은 거짓말이라며 딱 거기까지라고 곡을 써 준다.

소율은 〈사랑 거짓말이〉라는 노래를 절규하듯 부른다.

사랑 거짓말이
사랑 거짓말이
님 날 사랑 거짓말이
꿈에 와 뵌단 말이 귀 더욱 거짓말이
날같이 잠 아니 오면 어느 꿈에 뵈리오

훗날 소율은 방송국 PD가 자신의 노래를 칭찬하는 소리를 듣게 된다.

'그렇게 좋은 걸 그땐 왜 몰랐을까요?' 라며 자신에게 가장 잘 어울리는 노래는 정가 스타일의 바로 이 곡 〈사랑 거짓말이〉라는 것을 알게 된다. 가장 아름다운 노래라는 것을 비로소 알게 된다.

〈해어화〉는 그렇게 끝이 난다. 황진이의 별명이기도 했던 말을 알아듣는 꽃 해어화.

사랑도 말을 잘 알아들었으면 좋겠다.

순대와 파블로바

　매콤한 순대가 좋아하는 커피 속에서도 아른거린다. 퇴근 시간이 가까워지자, 순대 생각은 더욱 간절하다. 기습폭우로 물난리 속보가 실시간으로 전해지는 데도 김이 모락모락 피어오르는 순대가 마음을 자극한다. 기필코 퇴근 후 분식집을 들르리라. 마음에 각인하듯 침을 삼킨다.

　어린이집에서 부모교육이 있어 정장을 입은 터라 집에 들어서자마자 반바지로 갈아입는다. 폭우 속에서도 젖지 않을 나름의 선택이다. 신발은 정작 방수가 의심되는 운동화밖에 없어 대충 발을 구겨 넣고, 가방을 멘다. 가방에는 어제부터 읽기 시작한 책과 노트북, 그리고 마우스가 들어있다. 초록 우산을 꺼내 들고, 폭우를 달래듯 순댓집으로 향한다.

그런데 분식집 문이 굳게 닫혀있다. 폭우 때문이라고 하기엔 너무 휑한 것이 주인아주머니께 무슨 변고라도 생긴 걸까. 궁금증도 잠시뿐 식욕에 묻혀 다른 분식집을 떠올리며 방향을 튼다. 온종일 순대가 아른거렸는데 포기할 수는 없다. 다행히 우리 동네에는 분식집이 한 군데 더 있다. 매운 고추에 양파를 얹어주는 이 집 순대가 내 입맛에는 더 맞지만 그렇다고 순대를 포기할 수는 없다. 입덧처럼 순대가 그립지 않았던가. 단백질이든 칼슘이든 내 몸 어딘가에 순대를 먹어야만 채워지는 허기라고 애써 핑계를 댄다.

비가 잠시 잦아드는가 싶더니 이번에는 천둥이 친다. 천둥과 빗속에서 아스팔트 거리에 젖은 불빛이 아른거린다. 신호등을 지나 아파트 정문 골목 네거리에 있는 '태우네 분식집'을 찾는다. 이 집의 시그니처메뉴는 시래기 떡볶이다. 우리 동네에선 나름 떡볶이 맛집으로 통한다.

사골육수를 우려내어 시래기를 넣고, 떡볶이를 만든다는 소문이다. 순대를 좋아하는 나는 떡볶이에는 별 관심이 없었으나, 맛집이라는 소문에 떡볶이를 맛본 적이 있다.

천둥과 폭우 때문에 손님이 뜸하던 차에 순대를 사러 온 내가 고마웠던지 주인장은 순대에 떡볶이 국물까지 덤으로 준다.

테이블에 앉아 순대 한 접시를 말끔히 비운다. 시래기 국물에 순대를 적셔 먹기도 하고, 소금에 살짝 찍어 순대 고유의 맛을 음미한다.

허기가 채워지자 접시가 밑바닥을 드러낸다. 배가 부르다. 마음은 배보다 더 불러 기분 좋은 호르몬이 샘솟는다. 순대는 순식간에 몸도 마음도 행복한 부자로 만든다.

식욕은 인간의 원초적인 욕구이자 가장 단순한 욕구인가 보다. 내 심연의 허기에 순대를 먹음으로 가장 단순하면서도 만족한 사람이 되었다. 폭우 따위는 불편하지도 않다. 누군가 내 앞에서 불편하게 하더라도 이해할 수 있을 것 같은 기분 좋음으로 분식집을 나선다.

책도 읽을 겸 발의 지도를 따라 커피집으로 향한다. 떡볶이집 옆 '프리모' 의 문을 연다.

낮에 어린이집에서 부모교육을 할 때 읽고 있던 책의 한 대목을 소개했었다.

'아이가 우주에서 지구로 엄마의 품을 빌려 태어난 것은 엄마를 믿고, 여행을 온 것이다. 우리가 낯선 나라에 여행을 가서 그 나라의 문화를 체험하듯, 아이 또한 부모의 문화를 경험하고 느끼게 되는데, 우리는 어떤 문화를 아이에게 느끼게 해야 할까.' 는 내용이었다.

아직 책을 다 읽지 못해 커피 한잔을 마시며 마저 읽고 싶었다. 아끼는 초록 우산을 카페 밖 우산꽂이에 꽂아두고 가야 해서 잠시 망설였으나, 카페가 한산해 좋았다.

따뜻한 아메리카노와 간단한 빵 한 조각을 주문하려 메뉴판을 살펴보니, 단품 빵은 없고 브런치 메뉴, 세트 메뉴, 파블로바 등 생소한 메뉴만 눈에 읽힌다. 비로소 이 카페는 일반 카페가 아니라 브런치 카페로 파블로바 맛집임을 짐작한다.

카페 입구에는 화려한 파블로바 사진을 넣은 배너가 있고, 호주의 유명한 디저트라는 설명이 있다. 인터넷에 검색해 보니 파블로바는 호주와 뉴질랜드에서 서로가 고유 디저트라고 한다는 내용이 나온다.

따져보면 순대도 중국이 원조일 수 있고, 우리나라가 처음일 수 있다. 음식은 나라마다 문화를 입어 조금씩 변형이 되니 그 처음을 찾는 것은 쉽지 않을 것이다.

호주와 뉴질랜드를 여행하며 먹어봤을 수도 있는, 그러나 전혀 기억나지 않는 파블로바를 주문한다. 빵 이름이나 케이크 이름은 학창 시절 세계사 지명을 외우는 것보다 더 어려운 일이라고 생각하며, 소스나 치즈를 끼얹은 파블로바 케이크를 한 입 베어 문다. 순대와는 전혀 다른 달콤함이다.

텔레비전 음식 프로그램에서 가수가 음식을 맛보고 맛을

설명하는 코너가 있었다. 그는 "맛있다, 매우 맛있다, 엄청 맛있다."라고 해 웃음을 자아냈다.

나 역시 파블로바의 모양과 맛을 표현해 본다. 겉은 약간 바삭하면서 속은 솜사탕처럼 부드럽고 쫀득한 머랭 베이스에, 달콤하면서도 새콤한 과일이 올라가고, 부드러운 생크림이 조화를 이룬다. 인절미 껍질처럼 바삭하게 부서지면서 달고 포근한 달걀과 설탕의 향이 퍼지고, 과일의 상큼함이 느끼함을 잡아줘 산뜻한 맛이다.

음, 순대와는 대비된다. 순대가 인심 좋은 시골 맛이라면 파블로바는 달콤한 도시 맛이다. 순대가 심청이라면 파블로바는 백설 공주에 가깝다. 심청이를 좋아할까 백설 공주를 좋아할까.

문득 그런 생각이 든다. 우리 삶은 순대를 먹고 싶은 날도 있고 파블로바가 먹고 싶은 날도 있다. 문화란 순대였다가 파블로바였다가 시골이었다가 도시인 그런 것이다. 폭우 속에서도 초록 우산을 꺼내 든 것을 보면 나는 오늘 순대라는 문화가 그리웠던가 보다. 순대를 찾아 나선 길이 수다스럽지는 않았다고 생각하며 그만 비가 그쳤으면 좋겠다.

참기름을 짜며

시골에서 참깨 농사를 지었다. 남편이 참깨를 수확해 집으로 가져왔다. 베란다에 보자기를 깔고 늘어놓으니 족히 한 말은 넘었다. 푸석한 밭에 물을 대며 잡초를 뽑아 가꾸더니 수확이 쏠쏠하다. 바람과 태풍에도 열매를 잃지 않았으니, 인간과 자연의 합작품이다.

추석이 다가오자, 참기름을 짜기로 했다. 넉넉히 짜 서울 사는 동서들과 친척들에게도 한 병씩 나눠주자고 하니 남편도 흔쾌히 그러자고 했다. 땀 흘려 농사지은 것을 나눠줘 버리면 정작 자신에게는 얼마 남지 않을 터인데 계산 없이 내어주자는 마음이 새삼 고맙다.

참깨를 거실에 늘어놓은 지 여러 날이 지났다. 마땅한 방앗간을 찾지 못했기 때문이다. 깨 농사를 지었다고 여기저기 자랑하였더니 지인들이 한마디씩 했다. 좋은 참기름을 얻으려면 착한 방앗간을 가야 한다며 만나는 사람마다 곁말을 했다. 착한 방앗간이란 속이지 않는 방앗간이다.

참기름은 중국산보다 국산이 고소하고 값이 더 나가기 때문에 방앗간에서도 은근슬쩍 바꿔치기한다고 했다. 중국산 깨를 국산 깨와 섞어 짜기도 하고, 기름을 짜고 난 후 참기름을 중국산 참기름과 바꿔치기도 한단다. 품질이 좋지 않다며 참기름의 양을 속이기도 하고 중국산에 국산을 혼합하기도 한다. 색깔도 비슷하고 맛도 비슷하니 잘 구별하지 못하는 것을 이용하는 것이다. 눈 빤히 뜨고도 당한다며 기름을 짤 때는 처음부터 끝까지 지켜보아야 한다고 했다. 몹시 혼란스러웠다. 깨를 키우는 일도 만만찮은 일인데 깨를 지키는 일은 더 어려워 보였다.

분명 양심 있는 방앗간도 많을 것이다. 무턱대고 감시하듯 주인을 지켜보면 그 또한 기분 상할 터인데. 애지중지 키운 깨가 중국산으로 변해 버리면 그것 또한 안 될 것 같아 까마귀 똥 헤치듯 하고 있었다. 급기야 남편에게 입을 열었다.

"여보! 당신이 참기름 좀 짜 주면 안 돼요?"

"뭐?"

어처구니가 없다는 남편의 표정에서 참기름을 짜는 일은 내가 해야 할 일임을 확신했다.

주말 오후에 참깨 보따리를 들고 방앗간을 찾았다. 몇 군데 둘러보았으나 마땅한 방앗간이 없었다. 주인 이마에 착한 방앗간이라고 쓰여있지 않으니 방앗간은 있으나 쉽게 선택하지 못했다. 첫 번째 방앗간은 대목 밑이라 바쁘다며 무작정 기다려야 한다고 했고, 두 번째 찾은 곳은 양심적으로 하니 믿고 맡겨두라고 했다. 잠시 고민했으나 결국 보따리를 들고 집으로 왔다. 보따리를 자동차에 그대로 둔 채 또 하루가 지났다.

숙제를 미뤄놓은 듯 가슴이 답답했다. 깨 귀신이 등장해 괴롭힐 것만 같았다. 그 순간 번뜩 떠오르는 방앗간이 있었다. 시골 방앗간이었다.

친정 근처 방앗간이 있었다. 아버지 제사 때 떡을 맞춰 간 적이 있다. '시골이니 도시보다 덜 속이겠지!' 하는 생각에 당장 차를 몰고 시골로 향했다. 포도밭을 지나고 최정산을 지나 방앗간이 나왔다.

대목 밑이라 방앗간에 사람들이 많았다. 주인의 얼굴을 보니 썩 친절해 보이지는 않았으나 소도둑 인상은 아니었다. 특이하게도 주인이 남자였고 직원도 남자였다. 주인이 깨의 무게를 달았다. 일곱 되가 조금 넘는다고 했다. 깨 일곱 되면 몇 병의 참기름이 나오는지 물어보고 싶었으나 말이 입안에서만 맴돌았다. 방앗간은 그리 넓지 않았지만, 고추 가는 기계도 있고 쌀을 갈아 떡을 만드는 기계도 있었다. 가게 안을 서성이니 주인이 일하는 동선動線에 내가 걸리적거렸다. 그러나 나는 묘책을 생각해 냈다.

"블로그에 글을 쓰는데 사진을 좀 찍어도 되겠습니까?"

자신도 모르게 툭 튀어나온 말이었다. 내가 생각해도 그럴 듯해 웃음이 나왔다. 최대한 의심받지 않고 주인이 일하는 모습을 지켜볼 수 있게 된 셈이다. 그는 알아서 하라는 듯 자기 일에 몰두했다.

먼저 깨를 씻었다. 큰 고무대야에 깨를 붓고 몇 번 건져 씻더니 체로 받쳐 물기를 뺐다. 물기를 뺀 깨는 두꺼운 솥에 들어갔다. 이십여 분간 솥에서 깨춤을 추더니 노릇노릇해졌다. 볶인 깨는 이번에는 체로 옮겨졌다. 먼지를 털고 적당히 온도를 식히는 과정이라고 한다. 기계에서 한 번 더 먼지를 털어냈다. 깨를 고르고 볶고 식히는 과정이 생각보다 손이 많이 갔다. 깨는 이제 마지막 단계인 착유기에 들어갔다. 착유기가 끝까지 압력을 가하자 구멍에서 기름이 줄줄 흘러내렸다. 마침내 참기름이 완성되었다.

사람을 의심하는 일은 마음을 볶는 일이다. 참기름을 짜며 내 마음도 볶았다. 고소한 참기름처럼 사람들의 마음도 곱게 짜질 것을 믿으며 집으로 향했다. 참기름 향이 차 안에 가득했다.

어느 일요일 오후

가끔 익숙한 카페에 들러 책을 보거나 글을 쓴다. 오늘은 처음인 카페에 가보고 싶었다. 덜 말린 머리를 햇살과 바람에 맡기며 카페에 들어선다.

진열대에서 가장 화려한 빵을 가리키며 "이걸로 주세요." 하고 따뜻한 아메리카노 한 잔도 함께 주문한다. 카키색 앞치마를 입은 단아한 여직원이 내가 가리키는 빵은 방금 냉동고에서 꺼낸 것이라며 차가운데 괜찮겠냐고 묻는다. 여름에도 아이스는 질색인지라 차갑다는 말에 그 옆의 빵을 가리키며 "그럼, 그 옆에 걸로 주세요."라고 한다. 딸기를 얹은 치즈 케이크와 비슷한 모양이다. 눈으로 보아도 이름이 어려워 제대로 부르지도 못하는 빵을 보며, 신용카드를 내밀고 "포인트 적립할게

요.”라고 말을 잇는다. 직원이 전화번호를 직접 입력하라며 입력기를 가리킨다. 딸에게 포인트를 적립해 주고 싶어 딸의 번호를 입력한다. 그런데 “회원가입이 안 되어있네요.”라며 직원이 재차 묻는다. 딸의 번호를 입력한다는 것이 남편 전화번호로 입력한 모양이다.

커피와 빵을 들고 2층으로 올라가 자리를 잡는다. 깨끗한 주방처럼 잘 빠진 플라스틱 포크로 딸기 케이크를 한입 먹는다. 너무 달다. 딸기 씨 같은 것이 이빨과 이빨 사이에 달라붙는다. 엿가락 한 줄기가 달라붙어 있는 것처럼 불편하다. 혀를 요리조리 굴려본다. 커피 한 모금으로 입을 헹군다. 비로소 입 안이 말끔하다. 커피잔을 내려놓고 가방에서 노트북을 꺼낸다. 마우스를 꺼내려고 가방에 손을 넣어 이리저리 뒤져본다. 두 번 세 번 지퍼 안까지 뒤져도 보이지 않는다. 거실 테이블 위에 놓고 그냥 온 모양이다. 노트북을 포기한다. 어쩔 수 없어 볼펜을 꺼낸다. 볼펜으로 수첩에 적으면 되겠다 싶어 수첩을 찾는다. 어, 수첩도 없다. 가방에 넣는다는 것을 깜빡했다. 책 한 권만 달랑 있다. 메모지라도 있나 싶어 가방 안을 뒤져보아도 영수증 종이라도 한 장 없다.

결국 카페에서 주는 티슈를 앞에 놓고 볼펜으로 끄적여 본다. 볼펜이 휴지에 박혀 써지지 않는다.

불현듯 세탁기가 생각난다. 세탁기에 빨래를 돌려놓고 그냥 왔다.

"아! 어쩌지. 꿉꿉한 냄새가 빨래에 그대로 스며들겠는데."

카페로 오는 길에 미용실에 들러 머리를 자르려고 서둘러 나서면서 세탁기를 깜빡한 모양이다. 머리도 못 말리고 나왔는데 자르지도 못했다. 예약이 많아 다음에 오라고 했다. 축축한 머리가 더욱 뜨거워진다.

창가에 앉아 경치를 감상하고 싶었는데 한낮의 태양이 창문 꼭대기에 올라 더위를 발산하고 있다. 햇살에 눈이 부셔 책도 잘 보이지 않는다. 옆 테이블로 자리를 옮긴다. 커피 쟁반을 옮기고, 가방을 옮기고, 외투도 옮긴다. 자리를 잡고 커피 한 모금으로 여유를 즐기며 고개를 든다. 그때다.

'2인 이상 사용하는 테이블' 이라는 문구가 의자 옆 벽에 보기좋게 붙어있다.

"이런!"

슬금슬금 눈치를 보며 다시 원래 자리로 돌아온다. 가방을 옮기고, 외투를 옮기고, 커피 쟁반을 옮긴다.

"아! 오늘이 무슨 날인가. 내가 왜 이러지?"

마음이 더위 먹었다.

목화

화분을 든 노인이 어린이집 문을 두드렸다. 화단에 목화를 심어보지 않겠냐며 막 봉오리가 맺힌 목화 화분을 들고 서있었다. 처음 보는 낯선 사람이었다. 화분을 주러 왔는데 빌리러 온 사람처럼 수줍게 말문을 열었다. 아이들이 보면 좋을 것 같아서 가져왔다며 직접 키웠다고 했다. 뜻밖의 꽃을 받고 나니 고맙기도 하고 의아하기도 하였다. 연신 고개를 조아리니 목화 키우는 방법이라며 세 페이지 분량의 자료까지 주고 갔다.

실물 목화는 처음 본다. 아이들과 함께 견학을 가거나 책을 통해 그림 목화를 본 적은 있지만, 내 눈으로 직접 목화를 보는 것은 처음이다. 꽈리 모양으로 봉우리를 부풀린 목화를 보니 신기하기도 하고 예쁘기도 하여 아이들을 불러 모았다.

솜을 만들고 옷을 만드는 목화라고 하니 신기한 듯 쳐다본다.

　탐구에 나섰다. 잎은 초봄의 어린 순처럼 보드라운 연녹색이다. 크기는 아이들 손바닥만 하다. 키가 더 자란다면 잎이 내 손바닥만 해질까 궁금하다. 입을 꼭 다문 봉오리가 맺혀있기도 하고, 활짝 웃는 봉우리도 있어 만져본다. 하얀 솜과 같은 느낌이다. 이불 한쪽 찢어진 귀퉁이에서 느꼈던 그 솜의 느낌과 비슷하다. 솜 안에 뭔가 딱딱한 것이 만져진다. 검은색 씨앗이다. 좀 더 단단히 굳으면 씨앗을 모아야겠다고 생각하며 목화를 어린이집 화단으로 옮기기 시작한다. 햇빛이 잘 드는 넓은 곳으로 옮기고 흙도 두둑이 높여 주며 물을 준다. 이름표도 달았다. 목화의 이름은 목화꽃이다.

　때마침 지나가는 아파트 주민이 목화꽃을 처음 본다며 신기한 듯 들여다본다. 목화 앞에서 사진을 찍고 어디서 났냐며 묻기까지 한다. 꽃집에서도 구하기 힘든 목화이니 출처가 궁금한 모양이다.

　어린이집 화단은 이내 아파트 단지 내에 소문이 퍼졌다. 지나가는 초등학생들도 가던 길을 멈추고 목화를 본다. 낯선 사람들도 유모차를 세우며 아이에게 목화에 대한 설명으로 분주하다. 나는 사무실 창밖으로 보이는 목화를 그윽한 눈길로 쓰다듬으며 목화에 대한 자료를 읽기 시작한다.

목화의 꽃말은 '어머니의 사랑'이다. 꽃말이 생기게 된 배경은 중국의 '모노화 이야기'가 그 시작이다. 전쟁으로 남편을 잃은 모노화가 가난과 굶주림이 지속되자 배고픈 딸을 위해 자기의 허벅지 살을 떼어 딸에게 먹인다. 그로 인해 모노화는 결국 죽음을 맞이하게 되는데, 딸 소조차는 고아가 되어 혼자 남겨진다. 이듬해 모노화의 무덤에서 눈처럼 하얀 꽃이 피어나는 것을 보고 사람들은 모노화가 딸을 위해 따뜻한 꽃을 보내준 것이라 여긴다. 그 꽃의 이름을 '모노화'라 불렀다. '모노화'는 '목화'라 불리게 되었고 지금의 '목화'가 되었다. 딸을 위한 지독한 사랑이다.

결혼할 때 어머니는 목화솜 이불을 해주셨다. 그때는 솜이불이 무거워 마음에 들지 않았는데 목화의 사연을 읽고 나니 어머니의 마음을 조금 알 것 같다. 요즘의 이불과 비교해 무겁기도 하고 낡기도 해 결국 버렸는데 지금 생각하니 아쉽다. 자식은 엄마의 사랑을 철 지난 꽃처럼 후회에 묻고, 어머니는 자식을 향한 사랑을 몸에 새긴다.

얼마 전 고래가 새끼를 입에 물고 바다 위를 헤엄치는 장면이 뉴스에 나왔다. 죽은 새끼를 안고 헤엄치는 고래의 모습은 참으로 안타까웠다. 새끼의 호흡을 위해 물 밖으로 들어 올리는 장면이라고 한다. 숨진 새끼를 어미 고래가 인정할 수 없어 끝까지 놓지 않는 것이다. 하물며 바다고래도 자식의 죽음을 인정하지 않는데 부모는 오죽하랴.

동화책을 찾아 문익점 이야기를 아이들에게 들려준다. 모노화 이야기와 고래 이야기까지 덧붙인다. 문익점의 붓 대롱에 숨겨온 것이 목화라며, 목화 씨앗을 보여주자 관심을 보인다. 씨앗에게 인사를 하고 "씨앗이 숨 쉬어요." "눈도 있고 코도 있어요."라며 궁금해한다.

어른이 볼 수 없는 세상을 보는 아이들이 참 좋다. 아이들은 목화씨에서 눈과 코를 찾는 것처럼 맑은 미래도 찾을 수 있을 것 같다. 온 마을이 한 아이를 키운다는 말이 맞다. 목화가 어린이집을 즐겁게 한다.

기다리는 시간

이십사절기 중 동지를 가장 기다린다. 추석도 아니고 설도 아닌 날을 왜 그토록 손꼽아 기다리는 걸까.

밤이 긴 계절이 싫기 때문이다. 겨울에는 저녁 6시가 되면 어두워진다. 퇴근해도 왠지 서둘러 집에 가야 할 것 같아 걸음을 재촉한다.

같은 시각, 여름은 해가 훤하다. 낮이 길어 어둠이 올 때까지는 한두 시간 여유가 있다. 해가 서서히 기울어 갈 때까지 여유라는 이름의 두어 시간을 덤으로 받는다. 그 여분의 시간이 내게는 작은 선물이다. 카페에 잠시 들러 책을 펼칠 수도 있고, 몸을 일으켜 운동을 할 수도 있다.

그 때문에 동지가 빨리 지나가기를 분 단위로 기다린다.

동지가 지나면 1분씩 밤의 길이가 짧아지고, 낮의 길이가 길어진다. 12월 22일이 되면 1분 길어진 해의 길이를 고마워한다. 그 1분이 마치 내 몫의 빛처럼 고맙다.

이런 이야기를 남편에게 하였더니 군대에서는 해가 긴 여름보다 해가 짧은 겨울을 좋아하는 사람이 많단다. 겨울에는 해가 짧아 작업시간도 줄고 휴식을 더 많이 할 수 있기 때문이란다. 웃음이 나왔지만, 일리가 있는 것 같아 고개가 끄덕여졌다. 누군가가 싫어하는 계절이 누군가에겐 좋아하는 계절이 될 수 있는 것 같다. 계절에도, 마음에도 각자의 그늘과 볕이 있는 셈이다.

생각해 보면 인생도 겨울과 같다. 어떤 사람에게는 견디기 힘든 시간이, 누군가에게는 온전히 기다리던 순간일 수도 있다. 나뭇잎에도 앞뒤가 있듯 시간에도 양면이 있다.

학창 시절에는 1년이 왜 그리 길었는지. 빨리 어른이 되고 싶어 조바심 냈다. 그때와 달리 지금의 1년은 물 흐르듯 달아나 버린다. 달력 한 장이 남은 12월이면 붙잡아둔 무언가가 손가락 사이로 빠져나가는 느낌으로 아쉬움에 젖는다.

마음 또한 그렇다. 분주한 날은 버거워서, 고요한 날은 심심해서 힘들다. 약속이 많은 날에는 에너지를 조심스레 분배해야 하고, 아무 계획 없는 날에는 괜히 마음 한쪽이 시들해진다.

마음은 '적당히' 라는 간격을 모른다. 적당함을 찾는 일은 태양의 각도를 조정해 여름을 길게 만드는 일만큼 어려운 작업이다.

새해에는 마음속 '적당히' 를 연구해 보려고 한다. 좋아하는 것과 기다리는 것을 구분하고, 내게 가장 자연스러운 속도를 찾아보려 한다. 양면성과 편견 사이를 조금 더 좁히며, 수단을 걸친 추기경이 조용히 기도하듯 내 마음의 새해도 그렇게 열어보고 싶다.

12월 21일, 동지는 태양이 가장 낮은 곳을 지나는 날이다. 북반구의 밤이 가장 길고, 동시에 빛이 다시 태어나는 경계의 순간. 옛사람들은 이날을 작은 설이라 부르고, 팥죽을 쑤어 악귀를 막으며 양陽의 기운이 싹트길 기원했다.

나 또한 기다린다. 겨울 끝의 아주 약한 빛을, 가장 긴 어둠 뒤에 찾아오는 1분의 변화로 시작되는 새 계절을.

'기다림' 이 어둠을 견디게 하고, 작은 빛을 알아보게 한다는 것을 해마다 동지가 가르쳐준다. 그래서 나는 오늘도 빛을 기다리는 사람으로 겨울을 산다.

내 마음의 버그

몇 년째 사용하고 있는 컴퓨터에 오류가 났다. 버그가 생긴 것이다. 이리저리 만지며 고쳐보아도 쉽게 해결되지 않는다. 버그 먹은 컴퓨터를 들여다보는데 컴퓨터가 꼭 사람의 마음과 같다고 생각한다. 아무 이상 없이 잘 돌아가다가 어느 날 문득 버그가 생기는 컴퓨터처럼 마음에도 예고 없이 버그가 생긴다. 내 마음의 버그는 외로움이다.

잘 돌아가는 컴퓨터에 버그가 생겨 작동이 멈추듯 마음에도 외로움이라는 버그가 모든 것을 멈춰버린다. 햇볕이 창백한 날이면 마음은 더할 나위 없이 나락으로 떨어진다. 광활한 우주에 떠있는 태양마저도 슬픈 얼굴을 감추려 구름 속에 숨어든다고 여기며, 마음은 어디론가 숨어들기 위해 주위를 살핀다.

따뜻한 커피 한잔을 마셔도 가슴을 데울 수가 없다. 마음 근처에는 얼씬도 못 하고, 입안 어딘가에 스치다 식어버린다. 외로움이 내 온몸에 바이러스처럼 퍼져있기 때문이다.

내 마음에 버그가 생기면 아무것도 하지 못한 채 하루나 이틀, 그보다 더 많은 날을 우울로 보낸다. 마치 자동조절 모드의 비행기처럼 의식의 흐름이 과거와 미래 사이를 제 마음대로 헤집고 다닌다. 친구에게 전화해 수다를 떨려고 하다가도 용기를 내지 못한다. 이런저런 생각으로 전화기를 놓아버린다. 친구가 전화한 날 바쁘다는 핑계로 다정하게 받아주지 못한 기억으로 망설이고, 살기도 빠듯한 또 다른 친구는 배부른 소리라며 여유있는 사람의 사치라고 여길까 봐 망설인다.

전화를 걸 용기를 내지 못하는 또 다른 이유는 자신 때문이다. 외로움에 습격당한 마음이 미세한 반응에도 상처를 입어 유리알처럼 부서질지 두렵고, 상대에게 들켜 비난받을지 두렵다. 나보다 더 잘나가는 친구를 보면 주눅 들어 망설이고, 나와 비슷한 처지의 친구는 나약하다 할까 망설인다. 이런저런 이유로 용기를 내지 못한 채 마음의 중심을 잃어버리고 외로움이라는 버그 속에 갇혀버린다.

외로움이 극에 달하면 영화나 드라마에 빠진다. 화성에서 혼자 살아남은 〈마션〉 같은 영화나, 불우한 환경에서 역경을 극복한 〈스타트업〉 같은 성공드라마를 본다. 드라마 속 상상의 이야기를 현실로 끌고 와 스스로 엔도르핀을 얻고자 애쓴다. 고난을 헤치고 해피엔딩으로 끝나는 장면을 보면 저절로 힘이 솟아나 청소기를 돌리기도 하고 쌓아둔 설거지를 하며 몸을 움직인다. 몸이 서서히 생기를 되찾으면 어느새 버그는 치료가 되어 일상으로 되돌아간다.

혜민 스님은 마음의 외로움을 털어내는 방법으로 혼자만의 시간 갖기를 추천했다. 충분한 시간을 가지면 마음의 심연에 닿게 된다고 한다. 나를 바라봐 달라고 아우성치는 소리로부터 잠시 떨어져 있거나, 남의 속도가 아닌 자신만의 속도에 맞추다 보면 마음의 평화는 저절로 찾아온다. 천천히 자신의 길을 가다 보면 외로움도 고독도 마음의 평화로 변해 새로운 길로 접어들 수 있다.

정신 분석학자 임진수 교수는 우리는 어릴 때부터 상실을 경험한다고 한다. 상실로 인한 외로움과 애도는 누구에게나 일어날 수 있는데, 충분한 애도를 거친 후 자신을 사랑하는 것이 진정한 멜랑콜리(우울증)를 극복하는 방법이라고 한다. 외로움이 멜랑콜리로 진화하지 않게 관리하는 것도 긍정적인 애도의 한 방법이다.

산이 변화무쌍하면서도 언제나 늠름하고 매력적인 이유는

자신에게만 온전히 몰입하기 때문이다. 자신을 충분히 애도하거나 몰입하면 마음도 다시 회복되지 않을까. 버그 먹은 컴퓨터를 초기화하듯 마음을 초기화시켜 본다.

한 치의 오차도 없이 흘러가는 자연처럼 자연에 순응하듯 흐르는 마음에 순응해 본다.

2부

내 안의 별
– 봄이면 꽃을 보고 가을이면 단풍을 보는

별의 길

　우주에서 별의 길을 따라 춤을 추는 모습은 영화 〈라라랜드〉에서 볼 수 있는 감동적인 장면이다. 라라랜드의 촬영지이기도 한 로스앤젤레스의 그리피스 천문대를 찾았다.

　그리피스 천문대는 LA 시내를 한눈에 볼 수 있는 높은 곳에 위치했다. 별에서 보면 가장 가까운 지구인 듯 공기는 맑고 상쾌했다. 오른쪽으로는 할리우드 간판까지 볼 수 있어 탁 트인 시야가 마치 내가 우주 속 별에 와 있는 듯한 기분이 들었다. 그리피스 천문대는 오히려 낮보다 밤에 사람들로 붐빈다. 꿈을 꾸는 사람들이 많은 별의 도시인 LA 야경을 보러 발 디딜 틈이 없다.

　천문대 입구에는 유명한 천문학자들의 이름이 새겨져 있

"

는데 그중에는 영화배우 제임스 딘 동상도 있다. 아마도 할리우드의 상징인 '꿈과 도전'을 강조하고 싶었던 듯하다. 별의 시간으로는 하루도 안 되는 짧은 시간일지 모르지만 50여 년이나 걸려 이곳에 도착했다. 50이라는 숫자는 내 꿈의 크기만큼이나 간절함이 담겨있다. 백색의 건물과 세 개의 지붕 돔을 보는 순간 마치 내 꿈을 다 이룬 듯 별의 길을 걷고 있는 착각에 빠졌다.

나는 별을 좋아하지만, 영화도 좋아한다. 별과 영화는 국어와 수학처럼 전혀 다른 것 같지만 '꿈'이라는 의미에서는 서로 같은 의미를 담는다. 꿈은 별처럼 멀리 있지만 도전의 대상이고 이상 같은 현실이다.

영화 〈라라랜드〉의 두 주인공 세바스찬과 미아는 이곳 천체 투영관에서 춤을 추며 사랑을 속삭인다. 그러나 서로의 꿈을 위해 헤어지게 되는데, 처음에는 왜 헤어질 수밖에 없을까 이해가 되지 않았다. 그러나 좀 더 깊이 생각해 보면 '인생이란 그런 것'이다. 변하지 않을 것 같으나 별의 먼지처럼 부서질 수 있는 것이 사랑이다. 그 먼지들은 새로운 별로 다시 탄생해 사랑이 될 수 있고, 꿈도 될 수 있을 것이다. 그것이 우리의 인생임을 영화는 말하는 것 같다.

이곳 천문대에서 진짜 별을 관찰했다. 2층 공공 천체 망원

경 앞에서 길게 줄을 섰는데, 1시간이나 넘게 기다렸다. 그리고 광학 렌즈를 통해 진짜 별을 보았다. 별은 새끼손톱만큼이나 작고 희미했지만, 수억 광년이나 멀리 떨어져 있다는 것을 안다. 천문학자들은 저 별을 보고 꿈을 꾸며 탐구한다. 자신의 분신인 양 매일 밤낮으로 애무하듯 분석한다.

1층에는 진자를 비롯한 테슬라 코일도 있었다. 전시해 놓은 화학기호와 암석에 호기심이 생겼다. 지구에 없는 우주 물질 암석은 우주먼지의 결정체다. 처음으로 만져본 우주 물질 암석은 다이아몬드보다 더 귀하게 느껴졌다. 저 많은 화학기호 중에는 별의 원소도 있다. 별의 원소 중 일부는 생명의 원소이기도 하다. 그 원소들의 작은 결합체인 '나'는 또 하나의 원소로서 이곳에서는 모두 같은 별로 통한다.

우주나 은하, 태양계와 지구, 인간과 생명의 기본 원소는 화학기호들로부터 시작되었다. 수소와 헬륨으로 우주가 탄생했으며, 그 먼지가 수억 년 수십 광년을 거쳐 생명을 만들었다. 물과 바다 나무와 새도 만들었다. 수소와 산소는 인간을 만들었고, 더 많은 화학 원소는 피부를 만들었다. 그 신비로운 화학기호를 보느라 시간이 깊어지는 줄 몰랐다.

함께 간 일행들이 관람을 마치고 잔디밭에 앉아 기다리고 있는 데도, 지하실로 향했다. 지하에는 최초의 달 탐사선 모형이 전시되어 있었다. 먹고 살기도 힘든 대공황 시절, 우주에 돈을 쏟아붓는다고 시위가 있었던 그 시절, 그러함에도 오늘이 있는 것은 꿈을 포기하지 않은 사람들 때문일 것이다.

미국의 대부호 그리피스는 자신의 전 재산을 LA에 기부하며 '내가 번영해 온 공동체에 대한 의무로 기부한다' 라며 자신의 철학을 밝혔다. 오늘날의 그리피스 천문대가 무료 관람이 가능한 것도 그리피스의 유언에 따른 것이라고 한다. 이 모든 것이 별의 길을 따라 쉬지 않고 노력한 덕분이다. 그 길에는 영화 〈라라랜드〉도 제 몫을 했다. 그리피스 천문대가 영화 촬영지가 되자 수많은 사람들이 이곳을 찾게 되었다. 사람들은 이곳에 와서 추억을 쌓으며 영화의 한 장면을 저장한다.

밖으로 나왔다. 밤이 점점 깊어졌다. LA 시내의 불빛들이 저마다 꿈을 꾸며 별처럼 피어올랐다. 그 속에서 하늘을 올려다보았다.

지구의 마지막 밤

 '오쇼'를 보기 위해 라스베이거스로 향했다. 미국 서부 여행 중 3일째 되는 날이었다. 사막 위에 세워진 오아시스 라스베이거스에 발을 딛자, 눈이 휘둥그레졌다. 네바다주 사막 한가운데 있는 도박의 도시 라스베이거스는 우리가 지나온 조슈아 트리 사막과는 다른 별이었다.

 라스베이거스 근교에서 점심을 먹었다. 어제 점심도 햄버거를 먹었었는데 오늘도 햄버거였다. 우리나라에서는 식사 때마다 밥을 먹는데 이곳에서는 빵이 밥이다. 어제는 조슈아 트리로 가는 길목에서 버락 오바마 대통령이 좋아했던 파이브 가이즈 햄버거를 먹었다. 오늘은 인 엔 아웃(In-N-Out) 햄버거를 샀다. 미국의 3대 햄버거를 모두 맛보고 있다. 파이브 가이즈 햄버거보다 인 엔 아웃 버거가 바싹한 것이 입맛에 맞았다.

이제는 햄버거 맛도 구분할 수 있을 정도로 미국이 익숙해 졌다. 한국에서는 별미로 먹었던 햄버거를 여기서는 하루에 한 번 주식처럼 먹고 있다. 웬일인지 질리지도 않고 먹을 만하다. 미국 음식이 동남아시아나 유럽 음식보다 우리 입맛에 더 잘 맞는 것 같다. 그만큼 서양 문화가 빠르게 전파되고 있는 모양 이다.

라스베이거스는 어제의 사막과는 정반대였다. 어제의 사 막이 마른 땅과 황량함이었다면 라스베이거스는 오아시스 같 은 기적의 도시다.

라스베이거스의 거리는 낮보다 밤이 더 찬란하다. 벨라지 오 분수 쇼, 파리의 에펠탑을 옮겨 놓은 듯한 불빛, 거리의 공 연, 화려한 옷차림, 호텔 1층을 점령한 카지노, 세계 각지에서 모인 사람들, 놀이기구, 음식점 등. 라스베이거스는 부족함이 없어 보인다. 마치 지구의 마지막 밤이 오늘인 듯 화려한 불빛 과 정열이 넘친다. 지구의 마지막 밤이 되면 무엇을 하고 싶은 지 스스로 묻게 된다. 사과나무를 심을까, 좋아하는 사람과 차 를 마실까.

처음 호텔에 들어섰을 때 호텔 로비를 찾지 못해 애를 먹 었다. 카지노 도박장이 최전방에 있고 카지노를 지나면 한쪽 옆에 호텔 로비가 나온다. 라스베이거스 호텔 대부분이 그런데 한국 호텔을 생각하다 보니 입구를 금방 찾지 못해 이리저리 짐가방을 들고 헤맸다. 결국 객실 안내원에게 물어 체크인했다. 덕분에 나는 달러를 가지고 카지노게임에 도전해 보았는데 게임 규칙도 미처 인지하지 못한 채 순식간에 기계가 돈을 삼켜버렸다. 도박의 도시 라스베이거스에서 돈을 따는 행운은 없었지만 색다른 경험이었다.

벨라지오 호텔에서 공연하는 쇼를 보기 위해 옷을 갈아입었다. 쇼를 보기 위해서는 정장이나 깔끔한 복장을 하여야 한다고 해 나름대로 갖춰 입었다. 그러나 다양한 인종과 다양한 색채 속에 나의 옷차림은 아주 평범해 보였다. 라스베이거스가 패션의 도시임을 한 번 더 확인하는 계기가 되었다.

라스베이거스의 대표적인 서커스 쇼 '오쇼'는 이 도시의 3대 쇼 중 하나다. 물을 주제로 한 태양의 서커스단 공연으로 아주 유명하다. 공연 내내 음악과 물이 흐르며 서커스가 펼쳐졌는데 그야말로 경이로움과 놀라움의 극치였다. 연기자들은 우아한 음악에 맞춰 백조처럼 춤을 추거나 묘기를 보였는데 마지막 퇴장할 때는 어김없이 물속으로 사라졌다. 이야기가 하나 끝나면 또 다른 이야기가 연결되어 펼쳐졌는데 모든 이야기는 하나의 주제로 통일되었다. 연출력과 웅장함은 왜 '오쇼'가 유명한지를 알게 했다.

　라스베이거스의 호텔은 각자의 개성이 넘친다. 꽃으로 장식한 호텔도 있고, 놀이동산을 주제로 꾸며놓은 호텔도 있다. 우리가 묵은 호텔은 파리의 에펠탑을 모티브로 장식한 호텔이었다. 라스베이거스는 미국에서 큰 관광도시 중의 하나이고, 전 세계에서 가장 큰 대형 호텔 10개 중 6개가 라스베이거스에 모여있다고 하니 호텔을 구경하는 것 역시 하나의 건축 디자인을 보는 듯했다. 소득세와 법인세가 없어 세계 각지의 기업들이 라스베이거스로 몰리고 있다고 하니 라스베이거스는 관광업뿐만 아니라 세계 경제의 중심지이다. 우리나라도 의류와 관계된 기업들이 진출하고 있다.

　'오쇼'가 끝난 후 분수 쇼를 보러 갔다. 벨라지오 호텔 앞 분수대에는 많은 사람이 모여있었다. 화려한 불빛 속에서 물줄기들은 빛처럼 솟아올랐다. 라스베이거스의 불빛은 지구의 마지막 밤처럼 타올랐고 나는 그 밤이 끝났을 때의 지구를 상상하며 호텔로 향했다.

어린 기사

신학기 어린이집은 엄마와 떨어지기 싫어하는 아이들의 울음소리로 시끌벅적하다. 올해도 어김없이 영아들은 엄마와 떨어지기 싫다며 눈물을 보인다. 세 살 된 여자아이를 어르고 달래던 교사가

"다나도 엄마가 보고 싶어서 우는 거야? 선생님도 엄마가 보고 싶어."라며 우는 시늉을 하자 "선생님도 엄마 보고 싶어? 내가 엄마 사줄게."라며 선생님의 눈물을 닦아준다. 마음이 울컥한다. 세상에서 가장 순수한 어린 기사를 보는 것 같다. 진정한 기사다.

늦가을에 스페인 여행을 다녀왔다. 소설 속 돈키호테가 기사 작위를 받았다는 라만차의 벤타 델 키호테 여관을 방문했

다. 비가 오락가락하는 궂은 날씨에도 거리는 막 청소한 지붕처럼 깨끗하고 청량했다. 창과 방패를 든 돈키호테 조형물이 우리를 반겼다. 앙상한 노인의 모습을 상징한 조형물이었지만 꽤 강직하고 듬직해 보였다. 어수선한 세상을 바로잡고 부정과 비리를 척결하며 가난한 자의 편이 되고 싶어 하는 의지를 표현한 듯 단단한 철로 되어있었다.

돈키호테를 세상 밖으로 나오게 한 사람은 미켈 데 세르반테스다. 그는 스페인의 국민 작가로 셰익스피어와도 나란히 어깨를 견준다. 공교롭게도 그와 셰익스피어는 같은 날 세상을 떠났다. 세계적인 두 거장이 같은 날에 별이 된 것은 참으로 신기한 일이다. 『돈키호테』는 『햄릿』과 함께 세계에서 가장 영향력 있는 작품으로 오늘날에도 다양한 연극과 뮤지컬 발레 등으로 이상과 현실의 세계를 표현하고 있다.

세르반테스의 인생은 돈키호테만큼이나 파란만장하다. 그는 젊은 시절 레판토해전에서 한쪽 팔을 잃었으며 전쟁 후 고향으로 돌아오다 해적선에 납치되었다. 해적에 의해 노예로 팔려 오랫동안 노예 생활을 하기도 했다. 겨우 자유의 몸이 되어 고향으로 돌아왔지만 가난하고 힘든 삶은 그의 발목 언저리에서 그를 잡아끌고 있었다. 세르반테스는 그러한 환경 속에서도 『돈키호테』를 집필하며 희망을 품는다. 『돈키호테』를 통해 유명 작가의 반열에 오르기도 하였지만, 결국『돈키호테』후편이 나오던 이듬해 사망하게 된다. 그의 삶은 가난이 전부였지만 작품 속 주인공 돈키호테는 우리 곁에 남아 전 세계인을 정신적인 부자로 만들고 있다.

세르반테스는 자기가 겪은 스페인의 영광과 쇠퇴를『돈키호테』에 모두 담았던 듯싶다. 기사도 정신은 스페인의 자랑이자 자신감이다. 한때 군사적 문화와 연계한 기사 계급은 불가능이란 없을 것 같은 스페인의 번영을 상징했다. 군사 목적이 사라지고 귀족들의 친목 집단으로 몰락하게 된 기사 계급은 스페인의 쇠퇴와 함께 기사도 정신도 타락하게 된다.

세르반테스는 돈키호테라는 편력 기사를 통해 당시의 사회를 교묘하게 비판하며 신분에 차별 없고 남녀가 자유롭게 사랑할 수 있는 사회를 구현하고 싶었을 것이다. 돈키호테가 수많은 기사 소설을 읽고 미쳐버리게 되는 장면과 하인이 그 책들을 불에 모두 태워버리는 장면은 상상 이상이다. 작가가 어떤 글을 담아야 하는지, 문학이 어떤 의미를 부여해야 하는지 생각하게 하는 대목이다.

벤타 델 키호테 여관의 레스토랑에서 올리브를 곁들인 포도주를 마셨다. 카스티야 라만차주의 더 넓은 올리브 농장을 지나온 탓인지 매끈한 올리브 열매가 상큼하고 시큼했다. 초록의 올리브 열매들은 라만차에서 재배된 것이라고 했다. 벤타 델 여관 주변의 성당, 그리고 아기자기한 미니어처 풍차를 구경하며 우리는 진짜 풍차를 보기 위해 길을 이었다.

돈키호테가 거인으로 착각한 콘수에그라 풍차가 형태를 간직한 채 언덕 위에 있었다. 풍차는 16세기경에 지어졌다고 한다. 저 풍차를 보며 돈키호테는 싸움을 준비했을 것이다. 돈키호테가 싸우기엔 너무나 큰 거인. 그러나 멀리서 보면 하얀 양의 등처럼 작은 풍차임을, 나는 멀어진 풍차를 보며 언덕 위의 작은 집을 연상했다. 영국 황실의 근위병처럼 줄지은 올리브 나무 사이에서 창을 든 돈키호테가 금방이라도 뛰쳐나올 것만 같은 상상을 하며 남은 여정을 이었다.

"엄마를 사 줄게."라며 선생님의 목을 껴안는 아이를 받아 앉는다. 이 아이는 아무도 흉내 내지 못하는 기사가 될 것이다. 엄마도 사 줄 만큼 따뜻한 아이로 될 수도 있고, 풍차 거인과도 싸워 물리칠 수 있는 용기 있는 어린 기사가 될 것이다. 판초처럼 아이의 등을 다독인다.

홀로서기

아이들이 직장을 잡아 타지에 갔다. 부부만 생활한 지 몇 달이 지났다. 부부라고는 하지만 함께 늙어가는 처지이다 보니 문명 앞에서는 남편이나 나나 별반 차이가 없다. 그가 모르는 것은 나도 모르고, 내가 모르는 것은 그도 잘 모른다. 아파트 비번도 생각이 안 나 문 앞에서 어쩔 줄 몰라 했는데, 휴대폰 와이파이 연결은 오죽하겠는가.

어제저녁에는 며칠째 작동되지 않는 공유기를 고쳐보리라 마음을 먹었다. 침실에서 와이파이가 잡히지 않는 날이 여러 날 지속되고 있었다. 공유기 문제인지 휴대폰 문제인지 알 수 없어 그냥저냥 버텼는데, 별안간 휴대폰 데이터가 무제한이 아니라는 것을 생각했다. 즉 데이터요금 폭탄이 걱정된 것이다.

운동할 때, 운전할 때 유튜브를 틀어놓고 자주 듣는데 이러다 간 한 달을 버티기 어려울 것 같았다. 사용하는 휴대폰 요금제도 아이들이 정해준 것이라 내가 한 달에 데이터를 얼마나 쓰는지, 얼마를 쓸 수 있는지 알지 못했다. 아직 한 달을 채우려면 이십여 일이나 더 남았다. 갑자기 머리가 하얘지더니 내가 바로 문명 속 원시인이라는 생각이 들었다.

이참에 원시인을 탈출해 보리라 마음먹고 공유기를 만지작거렸다. 전원을 껐다 켰고, 인터넷 선도 뺐다가 다시 꽂았다. 그러나 여전히 먹통이었다. 휴대폰을 열어 설정 버튼을 눌러봤다. 이해되지 않는 단어들에 더 어렵기만 했다. 유튜브 와이파이 설정 영상을 뒤적였다. 몇 번이나 들은 후에야 조금 이해가 되는 것 같았다. 엇비슷하게 따라 해 보는데 비밀번호 설정에서 또다시 막혔다. 와이파이 비번이 생각나지 않았다. 공유기 앞뒷면을 이리저리 찾아보아도 비번 같은 것은 보이지 않았다. 급기야 아들에게 문자를 보냈다. 밤 12시다.

"아들, 침대방 공유기 안 됨. 와이파이 설정 비번이 뭐야?"

답장이 없다. 밤 12시이니 퇴근 후 아마 잠들었을 것이었다. 더 이상 진전이 없는 휴대폰을 만지작거리다 잠을 청했다. 잠이 쉽게 오지 않았다. 다시 유튜브를 틀었다. 데이터는. 에라 모르겠다, 그냥 될 대로 되라지.

아침에 휴대폰을 열어보니 아들에게서부터 비밀번호가 와 있었다. 영어로 뭐라고 적혀 있는데 암호 같은 것이다 보니 쉽게 외워지지 않았다. 다시 설정하기엔 시간이 많이 소요될 것 같아 저녁으로 미뤘다. 출근을 서둘렀다.

퇴근 후 휴대폰에 비밀번호를 넣어봤다. '인터넷 없음'이라는 메시지만 자꾸 떴다. 비밀번호가 원인이 아니었던가. 아들에게 다시 문자를 했다. 휴대폰 화면을 캡처 떠서 사진으로 보냈다. 아들도 답답한지 슬며시 짜증을 부렸다.

"엄마는 알려줄 때 제대로 좀 배우지?"

어쩔 수가 없다. 닥쳐야 아쉬운 것을. 아들의 답답함을 내가 더 답답하게 받으며 한편으로는 빠르게 변하는 세월을 탓해 본다. 자녀만 독립시키는 것이 아니라 어른 독립도 시급하다. 문명사회에 살고 있지만 해마다 바뀌는 트렌드를 따라잡기가 버겁다는 생각이 든다. 이참에 나도 어른 독립을 선언해 본다.

"무엇이든 시도해 보자. 연애를 하듯 21세기를 배우자. 홀로 설 준비를 하자."

틈

경주시 양남면 하서항에는 천연기념물로 지정된 주상절리가 있다. 해안을 따라 걷다 보면 다양한 모양을 볼 수 있다. 가늠이 되지 않을 만큼 먼 신생대 화산활동의 결과물이다. 용암이 분출하고 식어가는 과정에서 수축 현상이 일어나 그러한 틈 속에서 절리가 형성되었다고 한다. 주상절리는 수직으로 많이 형성되는데 이곳은 평평하게 형성되어 지질학적 연구 가치가 높다고 한다. 용암이 옆으로 번져 천천히 식으며 굳은 형태이다.

화산활동은 별이 살아있음을 의미한다. 지구라는 별도 태초에 화산활동을 통해 생명이 시작되었다. 화산재가 수분에 굳어져 그 위에 씨앗이 날아와 싹을 틔웠을 것이라 하니, 아마도 지구의 첫 생명은 그렇게 시작되었을 것이다. 모든 것을 파괴하는 용암이지만, 동시에 새로운 것을 시작하는 처음이니 참으로 아이러니하다.

지구는 아직도 자신의 몸속에 불보다 더 뜨거운 용암을 품고 있다. 그 용암이 살아 움직여 자신의 존재를 증명이라도 하듯 꿈틀거린다.

출렁이는 물을 보니 오히려 마음이 놓인다. 바다는 지구의 뜨거운 용암을 식힐 수 있으니 얼마나 다행스러운 일인가. 깊은 바닷속 불덩이를 식히고 그 위를 딛고 사는 사람들을 살리니 고맙기까지 하다. 주상절리가 바다 주변에 많이 있는 것도 바다의 물 때문일 것이다. 바다가 지구를 지키는 파수꾼이라면 바람 역시 바다를 지킨다.

파도가 없는 무풍지대는 인간을 가장 외롭게 한다. 바람이 없으면 모든 것은 정지되어 앞으로 나아갈 수도, 뒤로 움직일 수도 없다. 바람 없는 바다에서 사람은 무기력하게 된다. 바람이 불어 파도가 일기를 학수고대한다. 바람과 함께 사람도 무기력에서 벗어나게 된다.

무풍지대에서 바람을 기다리는 배를 촬영한 영화를 본 적이 있다. 잔잔한 바다 위에 떠 몇 달을 그대로 정지한 듯 멈춰 있었다. 주인공은 하늘을 보며 돛을 움직일 바람을 기다렸는데 무풍지대이니만큼 바람이 불지 않았다.

밤이면 하늘과 바다가 맞닿아 바다 위에 별이 쏟아졌다. 바다인지 하늘인지 구분할 수 없을 정도로 사방이 별이었다. 그렇게 여러 날을 보내고 포기할 때쯤 바람이 나타났다. 돛이 움직이고 파도가 치며 배가 움직였다. 주인공은 정지된 삶에서 풀려 눈물을 흘렸다. 바람은 무풍지대에서 사슬에 묶여 움직이지 못하는 것을 풀어주는 유일한 열쇠다.

바다를 볼 때면 무풍지대가 생각난다. 파도가 치는 것은 바람의 힘이고 바다가 살아있다는 증거다. 바람은 옷깃을 여미게도 하지만 인간을 움직이게도 한다.

바람 소리길을 따라 바닷길을 걸어본다. 바람이 부는지 야생화가 흔들린다. 바다와 야생화는 한 폭의 풍경이 되어 해변을 가꾼다. 우뚝 솟은 주상절리가 바람의 해변에 이름표를 단다. 깊은 주름에서 세월을 느끼는 것처럼 주상절리의 흔적에서 지구의 역사를 느낀다. 평온한 듯 보이지만 한때는 악마의 화염에 휩싸여 가장 뜨거웠던 시절이 있었을 것이다. 베수비오 화산이 폼페이를 사라지게 만든 것처럼 이곳 역시 불바다가 된 화산이 삼켜버렸을 것이다. 그런 험악한 힘을 쏟고 남은 흔적이 저렇게 굳어 비극이 끝난 틈이 되어 있다.

용암이 식어 만들어진 사이를 틈이라고 한다면, 사람의 주름 또한 인생의 틈이다. 인간은 중력을 견디며 이마에 절리를 새긴다. 바다와 바람을 만나 더욱 단단한 주름이 생긴 우리는 저마다의 삶을 틈 속에서 살아간다. 너무 뜨겁다고 포기하지 않아 고맙고 무풍지대에서 포기하지 않아 감사하다.

틈을 보며 바다를 걷는다. 주상절리도 이마의 틈도 결국은 세상을 잇는다. 틈 주변의 노란 꽃들처럼 해안을 가득 채운다.

하늘과 땅 사이의 이치

세종대왕 영릉英陵을 찾았다. 세종대왕 영릉은 경기도 여주
에 있다. 대구에서는 이미 지고 마른 봄꽃이 여주에서는 아직
도 한창이었다. 봄을 두 번 맞이한 듯 기분이 좋은 여행이었다.

한 계절에 두 번 보는 봄꽃은 하늘과 땅 사이에 존재하는
인간의 목소리만큼이나 선명하다. 숨을 죽이며 600년 전 한글
을 만든 영정 앞에 고개를 숙인다. 영정 속 세종은 드라마 주인
공처럼 잘생겼다.

좋아하는 배우 주원을 닮은 것도 같다. '용팔이'라는 이름
으로 소외된 사람들을 치료하는 드라마 속 의사 주원은 늘 약
자 편이다. 세종이 양반을 위해서가 아니라, 약자인 백성들을
위해 한글을 만들었다는 점에서 주원과 비교해 본다. 코마 상

태인 여진, 김태희를 되살리고, 사랑을 숨기고 정략결혼을 할 수밖에 없는 용팔이의 상황은 세종이 아내를 사랑함에도 불구하고 폐비시켜야 하는 일과 비슷하다.

지독한 사랑은 지독한 환경으로 시련을 준다. 그런 환경 속에서도 세종은 소헌왕후와 합장하게 된다. 아내와 합장을 한 조선 최초의 왕이 되었으니 세종의 사랑은 드라마보다 더 절절하다 하겠다.

여주에 있는 세종대왕릉은 가장 추앙받는 묘역답게 능역이 크고 늠름하다. 주변은 산수가 빼어나고 수려하다. 왕릉 주변에는 천수답도 있고 기념비도 있다.

기념관에 들어서니 가장 먼저 해시계, 물시계가 눈에 들어온다. 조선의 시간이 현재로 이어지고 조선의 공간 연결되어 있다. 세종이 남긴 것들은 과학뿐만 아니라 우주에도 연결된다.

대왕은 재위 동안 수많은 책을 만들었고 수정하였다. 세종 시대에 만들어진 책의 종류만도 스물두 분야 삼백육십여 종이나 된다. 세종은 책을 통해 아이디어를 얻었고 책을 통해 응용했다. 천문학 연구가 부족한 조선의 실정에 맞게 별을 연구하고 천체를 연구하여 백성들에게 유용하게 했다. 재위 후반부에는 스스로 훈민정음을 만들고 반포해 백성들도 읽고 쓸 수 있게 하였다. 많은 반대 상소와 맞서 자신의 의지를 피력하였으며 설득하고 논쟁하며 실험을 거쳐 그 뜻을 훈민정음해례본에 담았다.

아이들은 30개월이 지나면 글자에 관심을 가진다. 그림책을 보다가 점차 글자에도 관심을 가지게 되는데, 초등학교 입학 전 대부분 아이는 글자를 깨우치게 된다. 한글을 사진 찍듯 익히는 아이들도 있고, 자음, 모음 음가를 따져가며 익히는 아이들도 있다. 결국은 입 모양이나 혀의 모양을 통해 음가를 알게 되고 소리도 연상하게 되는데, 그때마다 훈민정음의 우수성을 실감하게 된다. 하늘과 땅 사이의 이치를 본떠 만든 소리글자 한글을 아이들이 깨치는 모습은 마치 내가 집현전 학자가 된 듯 감격스럽다. 이러한 모습을 세종대왕이 본다면 지하에서도 미소 지으실 것이다.

세종의 책 사랑은 병 중에도 그치지 않았다. 병환 중에 책을 보자 아버지 태종은 신하를 시켜 세종의 책을 모두 치우게 하였다. 책이 사라진 방에서 우연히 발견한 책 '구소수간歐蘇手簡'은 세종의 애독서가 되었다. 중국 북송의 대문호로 알려진 구양수와 소동파가 쓴 편지를 엮은 책이 '구소수간' 인데. 세종이 아끼는 책이자 수없이 많이 읽은 책으로 유명하다. 한자로 편지 쓰기가 어려운 시대에 서로의 감정을 잘 표현한 글이라 세종이 애독하지 않았을까 추측한다.

　여주를 다녀온 후 대구의 간송미술관을 찾았다. 때마침 훈민정음해례본(교례본) ‘소리로 지은 집’을 전시하고 있었다. 한글과 특별한 인연이 있는 사람들이 해례본을 직접 읽은 녹음본을 들려주었다. 해례본의 소리를 현대인의 목소리로 듣는 것은 색다른 체험이었다. 한글을 쉽게 배울 수 있도록 설명해 놓은 해례본을 소장하고 싶다는 생각이 문득 들었는데, 간송 전형필 선생이 해례본을 베갯잇 속에 숨겨 보존해 온 이유를 알 것 같았다. 아이에게 한글을 가르칠 때 세종대왕의 사랑 이야기도 곁들여야겠다.

눈(眼)의 저편

하늘에도 눈이 있을까. 하늘 눈의 크기는 얼마나 될까. 내 작은 두 창으로 하늘을 본다. 하늘의 눈을 마주하기 위해, 이 작은 창을 갖게 되었는지도 모른다.

빛을 모으고 세계를 풀어내는 두 개의 창은 눈(眼)이다. 눈은 세상의 색을 입히고 사람의 마음을 읽는다. 말없이도 사랑을 건네는 창이기도 하다. 눈은 단지 보는 기계만은 아니다. 몸과 나, 세상을 기억하는 감각의 심연이다.

눈의 크기는 가로 2.6cm, 세로 1cm 남짓이다. 그 눈에 담긴 우주는 작아 보이지만 깊이는 가늠할 수 없다. 인간의 감각 기관 중 가장 많은 정보를 처리하는 눈은 몸의 리드이자 마음의 풍경이다.

그렇게 소중한 눈도 세월 앞에서는 서서히 흐려진다. 빛을 잡던 수정체는 점차 뿌옇게 흐려지고, 세상의 윤곽은 물안개처럼 번진다. 백내장, 황반변성, 녹내장 등 눈을 잠식해 가는 병은 고요하면서도 은밀하게 다가온다.

그중에서도 녹내장은 유난히 음험하다. 아무런 통증도 없고 경고도 없다. 그저 서서히, 너무도 조용히 시야를 갉아먹는다. 오죽하면 '소리 없는 시력의 도둑'이라 부를까.

도둑의 그림자를 처음 알게 된 건, 꽤 뒤늦은 어느 날이었다. 사실 학창 시절부터 난시가 있었다. 시력 자체는 정상이어서 안경을 늦게 썼고, 그마저도 안경원에서 맞춰 병원에서 제대로 된 검사를 받은 적이 없었다. 눈병 한번 앓은 적 없고 특별히 아픈 것도 아니었으니 안과를 찾을 일은 더더욱 없었다.

그렇게 몇 년을 화살처럼 살았다. 그러던 어느 날, 안경을 맞추러 간 병원에서 의사 선생님이 무심한 듯 내뱉었다.

"다음에 오면 녹내장 검사도 한번 해보세요."

그 말은 마치 봄날 한가로이 날아가는 꽃잎처럼 가볍게 흩어졌다. 그 말의 뜻을 이해하지 못한 채 까맣게 잊었다. 그 무심함이 이 어둠으로 이끌었을까.

그것이 내 눈의 문턱이었다는 것을 한참 후에야 깨달았다. 녹내장이라는 단어는 그때 내 사전에 없었다. 병의 존재조차 몰랐기에, 무지와 방심은 두꺼운 어둠이 되어 일상과 함께 흘렀다.

30대 후반, 지금 생각하면 바로 그 무렵부터 어딘가 조금씩 무너지고 있었던 것이 아닐까. 그러나 이상을 눈치채기에는 눈은 너무 정적이었고 삶은 동적이었다.

병원에서 진단받았을 때는 이미 많이 진행된 상태였다. 정기 종합검진도 몇 번 받았지만, 단 한 번도 그런 징후는 언급되지 않았다. 묻고 싶었다. 그 많은 장비와 숫자들 속에서 왜 이 하나의 병을 놓친 걸까. 의사도, 시스템도, 자신도….

무엇 하나 똑 부러지게 원망할 수 없는 이 불완전함 속에서 그저 조용히 후회를 삼켰다.

그날, 그 무심한 의사의 말이 조금만 더 간절했더라면, 그 말을 진지하게 들었더라면, 그리고 우리 사회가 이 병에 대해 조금만 더 알고 있었더라면, 내 눈의 운명은 달라졌을까.

자주 거울 앞에 선다. 눈을 오래 들여다본다. 빛을 담는지 어둠을 품는지 그 고요한 바다에서 다시 확인한다. 매일 아침 안약을 넣으며 하늘의 눈처럼 가꾼다.

눈은 단순한 기관이 아니다. 그것은 세계를 보는 창이자 나를 마주하는 거울이다. 눈을 지킨다는 것은 하늘을 본다는 것이고 내 삶을 지키는 것이다. 깨끗한 눈(眼)을 가진 하늘처럼,

우리의 눈도 누군가의 손에 가꾸어지고 보호되기를 바란다. 하늘에서 눈(雪)이 내렸으면 좋겠다. 고운 눈(眼)으로 새하얀 눈(雪)을 가슴에 담고 싶다.

연보라색 기억 하나

오동꽃의 계절에 동화사를 다녀왔다. 삼국유사와 나무 사이의 연관관계를 알아보는 생태 역사 기행을 다녀왔는데, 『나무로 읽는 삼국유사』 저자와 함께해 지루한 줄 몰랐다.

동화사는 '오동나무꽃이 피는 절' 이라는 뜻이 있다. 오동나무는 봉황이 깃들이는 나무로 매우 신성하고 길한 나무다. 불교에서는 깨달음의 장소로 여긴다.

팔공산 동화사 봉황문 좌우에는 오동나무와 마애불좌상(보물 제243호)이 있다. 오동나무는 일주문 개울 건너편에 신선처럼 자란다. 우리는 동화사 입구부터 느티나무와 소나무 등 다양한 나무를 관찰하고 올라오던 터라 쉽게 오동나무를 찾았다. 나무는 연보라색 꽃을 달고 날개를 펼치고 있었다.

동화사의 중심은 대웅전이다. 대웅전에는 석가모니, 아미타불, 약사여래 등의 삼존불을 봉안하고 있다. 그 위에는 세 마리 용과 여섯 마리의 봉황이 화려하게 조각되어 있다. 봉황은 오동나무에만 깃들기 때문에 오동꽃이라는 절 이름과 잘 어울린다.

칠성각에 있는 동화사를 창건한 심지 대사 오동나무 앞에 섰다. 심지 대사를 기념하는 오동나무라는데 생각보다 너무 단출해 놀랐다. 곁가지가 부러진 상처 난 줄기를 제외한 나뭇가지에서 연보라색 꽃이 보였다. 활짝 핀 꽃들이 벌써 시들어 땅에 떨어진 것도 있었다.

갓 떨어진 싱싱한 연보라색 꽃을 주워 머리에 꽂아보았다. 꽃을 단 여인처럼 기분이 좋아졌다. 나팔꽃을 닮아 통꽃인 오동꽃이 하필이면 내가 좋아하는 연보라색이라 더욱 마음이 동했다. 과학이 아무리 발달해도 아직은 자연 그대로의 색을 흉내 낼 수는 없다. 천연의 색 오동꽃 한복을 입고 꽃 춤을 추고 싶다는 생각을 불현듯 했다.

신부에게 결혼예물을 보낼 때 오동나무 궤짝에 담아 보낸다는데, 연보랏빛 오동나무꽃을 곁들여 보낸다면 얼굴 한 번 본 적 없는 신랑이라도 신부를 사랑하게 될 것이다. 꿈속 같은 꽃 속을 들여다보니 어린 시절 소 등에 탄 오동꽃 한 송이가 떠올랐다.

　우리 집 담벼락 너머에는 작은 언덕이 있었다. 나지막한 동산처럼 길이 난 숲이 있었는데, 그곳에는 오동나무와 아카시아가 경쟁했다. 아버지는 덩치 큰 오동나무에 소를 메어 놓았고 나는 그 주변에서 오동나무꽃이 떨어지면 그것을 주워 소꿉놀이하곤 했다.

　꽃을 연필 칼로 자르면 오그랑오그랑한 모양이 나왔다. 그것을 소꿉놀이의 재료로 쓰거나 통째로 실에 꿰어 목걸이나 팔찌를 만들었다. 예쁘고 싱싱한 꽃은 꽤 쓸모가 있었으며 요즘 아이들이 좋아하는 장난감처럼 소중한 놀잇감이었다.

　소가 오동나무에 메이고 나서는 좀처럼 꽃을 얻을 수 없었다. 소도 오동나무꽃을 좋아하는지 꽃이 떨어지기가 무섭게 발로 밟아버리거나 짓이겨 버렸다. 꽃을 깔아뭉개는 소가 여간 미운 것이 아니었다.

　오동꽃 하나가 소 등에 떨어졌다. 꽃을 등에 태우고 눈을 지그시 감고 되새김질하는 소 옆으로 꽃을 주우려고 살금살금 다가갔다. 그만 중심을 잃고 넘어지고 말았다. 놀란 소가 펄쩍 뛰며 일어났고 그 바람에 꽃은 떨어져 밟혀버렸다. 꽃은커녕 내 손과 옷은 소똥으로 뒤덮였고 오동꽃 역시 소똥꽃이 되어버렸다.

집 주변에 오동나무가 있는 것은 오동나무가 길한 나무이기도 하지만 잘 자라기 때문일 것이다. 딸을 낳으면 오동나무를 심어 결혼할 때 장롱을 만들어 준다는 속설이 있듯 딸이 많은 우리 집에서 오동나무는 꼭 필요한 존재였을 것이다. 오동나무는 빨리 크고 그 재질이 단단하여 장롱 재료로 많이 사용했다. 그런데도 아버지는 결국 오동나무를 베었다. 오동나무 옆에 있는 논에 오동꽃과 씨가 떨어져 논농사가 잘되지 않는다는 이유에서였다. 어머니가 오동나무 베는 것을 말렸던 듯싶다. 그러나 장롱보다 쌀이 더 필요한 살림이었으니 아버지도 어쩔 수 없었을 것이다.

오동나무를 잊고 있다가 불현듯 떠올린 것은 동화사 오동나무꽃 덕분이었다. 방천 옆이 우리 집이라 태풍과 폭우로 지형이 변해 잊고 있었는데, 어린 시절 추억이 살아나 기분이 좋았다. 지금은 고인이 되신 부모님을 드문드문 떠올리는 바쁜 날들이지만, 젊은 시절 아버지의 모습을 기억할 수 있어 기뻤다.

나무는 나와 부모님의 시간을 기억한다. 동화사를 들러보며 연보라색 기억 하나를 얻는다.

우아한 수다

　매달 첫째 주와 둘째 주 월요일은 수다 모임이 있다. 독서 모임인데 '우아한 수다' 라고 부른다. 독서 모임이라고 하면 왠지 토론 준비도 해야 할 것 같아 부담스럽지만, 수다 모임이라고 하면 편안한 느낌이 든다. 실지로 수다에 가까운 이야기들로 웃고 떠들며 자신의 아픔을 드러낸다. 토론보다 더 솔직하게 자신의 속 깊은 이야기를 할 수 있는 것이 수다다 보니 책을 통한 수다의 주제까지 자연스럽게 이어져 치유의 시간을 갖는다.

　취미가 뭐냐고 물으면 '책?' 이라고 답한다. 책 외에는 다른 것에 관심이 적기도 하고, 실명될지도 모른다는 의사 말에 가장 먼저 떠올랐던 것이 '책을 못 읽겠네' 라는 생각이었던 것을 보면, 분명 책 읽기를 좋아하는 것 같다. 다른 사람들은 수영도 하고 등산도 해 뱃살 관리하는데, 가만히 앉아서 허리둘레만 넓히고 있으니 때로는 몸을 움직이는 취미 생활하고 싶기도 하다. 그러나 운동에 관심을 가졌다가도 금방 포기해 버리는 것을 보면, 기질적으로 조용한 활동을 좋아하는 것 같다.

한번은 지인이 막걸리에 파전을 먹는다며 함께 하자고 재촉했는데, 이런저런 핑계를 대며 가지 않았다. 그런데도 오늘 비가 쏟아지고 두 모임이 겹치는 데도 이리저리 짬 내어 가는 것을 보면 책을 좋아하기는 하는 모양이다.

'이야기로 풀어보는 삼국유사' 강의를 한 김광원 기자는 한 도시가 무엇의 고장이 되려면 사람들이 그 무엇을 사랑해야 한다고 한다. 나 한 사람이 책을 사랑해 책의 도시로 만들 수는 없겠지만 나와 같은 사람이 모여 책을 사랑하는 도시가 된다면 괜찮을 것 같다는 생각이 든다.

비 오는 월요일, '우아한 수다' 모임을 두 곳이나 다녔다. 8월의 첫 주 월요일에 있는 '마음 챙김' 독서 모임이 집중 휴가로 인해 둘째 주로 미뤄졌고, 둘째 주 독서 모임인 '시루떡'은 예정대로 진행되어 오늘은 독서 모임이 겹쳤다.

첫 번째 수다 모임은 여행 책을 읽고 토론하였고, 두 번째 수다 모임은 그림책을 집필한 작가 책을 읽고 서로의 유년 시

절을 공유했다. 유년 시절 이야기를 나눌 때는 5분을 넘기지 말
자는 조건이 있었지만, 우리는 누구도 그 5분을 지키지 못했다.
책을 추천한 사람조차도 유년 시절에만 국한되어 말하지 않고
자신의 전 생애를 이야기해 5분을 넘겼다. 결국 모든 회원의 전
생애를 알게 되었으며, 십년지기인 우리가 살아온 경험을 진지
하게 나눈 것은 오늘이 처음이라는 사실도 알게 되었다. 책 수
다만 떨었지, 우리의 수다 속에 소설책 같은 이야기가 숨어있
다는 것을 오늘에야 알게 된 것이다.

유리잔처럼 완벽한 사람으로 보였던 회원이 그 속에는 팥
빙수처럼 차가운 얼음을 품고 있다는 것도 알게 되었고, 유복
하게 자라 돈의 아쉬움을 모르고 자랐을 것 같은 회원이 몸서
리치는 가난을 경험했다는 사실도 알게 되었다. 산골 외가에서
할머니 손에 자란 탓인지 노년에는 시골에서 살고 싶다는 소망
도 있었고, 든든한 지원자였던 아버지의 사고로 삶이 의도치
않게 흘러가더라는 이야기도 전해 들었다.

우리는 자신만의 동화책을 만들어볼 계획이었는데, 시간
이 많이 흘러 약식으로 책을 만들었다. 누군가가 미리 준비해
온 색종이로 책 접기를 하였고, 책에 글과 그림을 그리는 것은
이미 많은 수다로 풀어낸 터라 각자 몫으로 돌렸다.

글은 그림이 담아내지 못하는 내용을 전달하고, 그림은 글

이 나타내지 못하는 감정을 품는 것이 그림책의 역할이다. 우리는 수다를 통해 이미 글과 그림을 충분히 헤쳐놓은 터라 각자의 책이 만들어졌다.

나만의 그림책에는 나 역시 어린 시절 주목받지 못한 작은 아이였음을, 메두사의 엄마처럼 자식을 위해서는 머리를 잘라 강물에 던져버릴 수 있는 엄마임을 써 내려갔다.

비 오는 월요일, 카페가 문을 닫기 전 서둘러 나왔는데, 너무 늦은 시간이라 남편이 걱정되어 전화했다. 이 또한 현재의 내 모습이고, 그림책 같은 내 삶의 한 장면이다. 우아한 수다 때문에 늦었다며 전화기 속에 말을 넣었다.

온종일 아름답기만 한 세상

한여름 더위가 처마 끝에 걸렸다. 빠져나갈 듯 말 듯 앙탈을 부리자 카페에 앉아 비너스 같은 얼음을 띄운 아이스아메리카노를 들이켠다. 더운 여름에는 커피 한 잔과 재미있는 책이 제격이다. 그중에서도 세계 여러 나라와 고대와 현대를 시간여행 하는 미술관 이야기는 온종일 아름답기만 한 세상을 독차지한다.

『나는 메트로폴리탄 미술관의 경비원입니다』를 읽는다. 책은 읽는 내내 아름다운 별처럼 빛난다. 패트릭 브링리의 터치를 따라 메트(메트로폴리탄 미술관)에 사는 9천여 명의 주민을 만난다. 뉴욕 평균 크기 아파트 약 3천 개를 합친 것보다 더 넓은 그곳에서 자고 일어나면 새롭게 느껴지는 신선한 공기처럼 웃으며, 위로받고, 감동한다. 『나는 메트로폴리탄 미술관의 경비원입니다』는 주인공이 10여 년 동안 경비원으로 근무하며 단순하게 또는 깊이 있게 그려내는 미술품에 관한 이야기이다. 물론 관람객도 있고, 독자도 있고, 그 자신도 있다. 예술품과 메트를 지키는 근무자와 관람객은 작품 속에서 걸어 다니는 또 다른 예술품이 된다. 주인공은 메트에 성모마리아 아기 예수부터 프란시스코 데 고야까지 전 세계의 역사와 시간을 고스란히 옮겨놓는다. 예술가들의 눈 속에서 고정된 찰나의 시간은 고대와 현대, 그리스, 이집트, 유럽, 아시아의 아름다움으로 변해 이야기를 품은 채 전시되어 있다. 메트는 그런 곳이다. 아무것도 아닌 일에 뚜껑이 열리는 그런 장면이 고요한 침묵으로 되살아나 아름다움이 되어 있는 곳. 영원히 살 수 있는 신의 영역의 입구와 같은 곳이다.

주인공 패트릭 브링리는 미술사를 전공한 어머니의 영향을 받아 어릴 때부터 미술에 관심을 가지게 된다. 그는 《뉴요커》 출신으로 좋은 직장을 가졌으나 사랑하는 형, 톰의 죽음으로 한순간에 삶의 태도를 바꾼다. 모든 것을 버리고 세상에서 가장 아름다운 공간에서 가장 단순한 일을 하며 스스로를 놓아두기로 마음먹는다. 지루하고 단순하게 하루 8시간 이상을 미술관의 경비원으로 지낸다. 점차 그는 매일 보는 작품들에서 애정을 느끼게 되고 매일 마주하는 관람객들에게서 의미를 찾는다. 동료들과 회식 자리에서 진정한 삶의 현장임을 깨닫는다.

온종일 두 눈을 부릅뜬 채 관람객이 작품에 흠집이라도 낼까 봐 일거수일투족을 지켜보는 주인공은 감옥의 교도관이자 보안 예술가이다. 누군가가 모나리자를 찾으면 애석하게도 모나리자는 파리에 있다며, 고갱의 그림은 C 구역에 있으니, 그곳으로 가보라고 제시한다. 좀 더 의미 있는 질문을 받았을 때는 들뜬 목소리를 감추며 호메로스 시대 사람들은 하늘이 놋쇠 돔이라고 여겼다며 이야기가 있는 방으로 이끈다. 관람객이 이곳 메트에서 하나의 작품이라도 가슴에 담아 하루, 한 달, 일 년을 품게 되는 '빛' 같은 것이었으면 한다. 주인공은 깨닫는다. 예술은 배우려고 하는 것이 아니라 이해하는 것이라고. 상상력을 극한까지 끌어올리며 완성한 작품 앞에 온전히 자신을 몰아넣으며 관람객들 역시 몰입하는 순간을 포착한다. 전시실의 낯선 사람들이 엄청나게 아름다워 보이고 소중하게 느껴지며 그들의 걸음걸이, 감정의 높낮이, 생생한 표정들을 보며 생각한다.

'그들은 어머니의 과거를 닮은 딸이고, 아들의 미래를 닮은 아버지다. 그들은 어리고, 늙고, 청춘이고, 시들어가고, 모

든 면에서 실존한다. 나는 눈을 관찰 도구로 삼기 위해 부릅뜬
다. 눈이 연필이고 마음은 공책이다.'

　주인공이 예술 작품과 직접적인 접촉을 통해 깨닫는 것은
예술의 진정성이다. 그는 작품을 가까이에서 바라보며 미술관
의 관람객들이 경험하는 감정과는 다른 작품의 본질적인 아름
다움을 이해하게 되는데, 그것은 작품이 단순히 시각적 즐거움
을 넘어서 인간의 감정과 사유를 자극하는 힘을 지닌다는 것을
의미한다. 이러한 경험은 그에게 예술의 깊은 의미와 가치를
새롭게 인식하게 한다. 주인공은 예술 작품을 매일 마주하며
그것들이 일상의 일부가 되는 과정을 경험한다. 이런 변화를
통해 그는 예술이 단순히 감상하는 것이 아니라 자기 삶과 일
상의 깊이와 풍요를 더하는 역할을 한다는 것을 깨닫는다. 예
술이 삶에 자연스럽게 녹아들어 그 자체로 일상의 부분이 되는
것을 경험하면서 예술이 가져다주는 특별함을 몸소 느끼게 된
것이다.

　작품의 아름다움을 주인공이 직접적으로 접하는 감정과
상념을 통해 배운다. 그가 예술 작품을 가까이에서 바라보면서
색감, 형태, 그리고 표현 기법의 세밀함을 이해하게 될 때 이러
한 세부적인 요소가 작품의 전체적인 아름다움을 만들어낸다
는 것을 깨닫는다. 예술은 단순히 시각적으로 즐기는 것이 아

니라, 그 속에 담긴 창작자의 감정과 사상을 이해하는 과정에서 그 진가를 발휘한다는 것을 알게 된다. 이를 통해 예술이 단순한 이미지 집합체가 아니라, 복잡하고도 깊은 인간의 감정과 철학이 담겨 있는 창작물이라는 것을 알게 된다.

주인공을 통해 미술관의 아름다움을 오롯이 경험하게 된다. 온종일 아름답기만 한 세상은 아무런 지식이 없어도 가능하며, 그저 바라보기만 하여도 이해할 수 있다는 것을 느낀다. 미술관에서 그림을 감상하는 것은 먼 여행의 여행자가 되는 일이다. 옆구리를 찌르는 동반자가 없어도, 말도 통하지 않는 외국 도시를 혼자 돌아다녀도 거리낌 없는 몰입에 임하게 되는 경험, 그것이 미술관 여행이다. 책 속에서 그러한 경험을 한다. 책은 바깥세상과 당당히 맞설 용기와 다양한 관계를 맺을 준비를 시켜주는 과정이다. 아름다운 것은 주머니에 들어가지 않지만, 책으로 표현한 아름다움은 주머니에 넣을 수 있다. 그것이 책을 읽는 이유이다.

또 다른 모순

붉은 장미가 아파트 담장을 물들인다. 단단한 철제 펜스에 생명을 불어넣기라도 하듯 서로를 의지한다. 그 모습에 반해 장미에 코를 대본다.

어제의 빗줄기가 꽃에 깨끗함을 더했다. 하늘도 씻고, 지붕도 씻고, 꽃가루로 덮였던 내 차도 씻겼다. 옷 속에 감춰진 마음도 씻겼을까, 마음에 새 옷을 입히듯 조심스레 단장해 본다.

어제는 괜스레 비를 맞고 싶었다. 얼굴을 빗물에 맡기며 걷고 싶었지만, 퇴근길 시선들이 걸렸다. '남구의 모 씨, 슬리퍼를 신은 채 걷고 있는 사람을 찾습니다' 라며 불현듯 날아오는 문자처럼 사람들이 이상하게 생각할까 봐 용기가 나지 않았다. 아주 작은 일에도 용기가 필요하다. 차창 밖으로 손을 내밀어 비를 맞아보는 것으로 용기를 대신했다. 때로는 사람을 두려워하지 않고 먹이에만 집중할 수 있는 비둘기가 부럽기도 하다.

뉴스에서는 또 한 청춘의 비극을 전하고 있다. 의대생이 여자 친구를 살해하고 옥상에서 몸을 던지려 했다는 소식이다. 어처구니없는 사건이라 생각하면서도, 한편으로는 그가 어쩌면 길 잃은 새였을지도 모른다는 생각을 지우지 못한다. 이해하려는 마음은 스스로를 보호하기 위한 방패다. 그래도 누군가의 생명을 앗아간 일은 신만이 용서할 수 있는 일이다. 일순간의 잘못된 판단이 얼마나 많은 사람을 불행으로 몰아넣는가. 또 다른 부고가 휴대전화 알림음을 타고 전해온다.

오늘만 해도 벌써 네 번째다. 어린이날이 있는 연휴를 맞아 모바일 부고가 네 건이나 더 날아왔다. 연휴가 길어 신도 외출했나. 그것도 아니면 사랑의 시련이라도 당해 심한 열병 속에 갇혀버렸나. 축하 메시지보다 '고인의 명복을 빕니다' 라는 부고 메시지가 더 많이 날아오는 나날이지만 그래도 오늘은 좀 심하다. 어린이날과 어버이날이 연달아 있는 연휴가 아니던가.

어린이날은 아이들에게 더없이 설레고 기쁜 날이다. 모든 잘못은 용서되고, 작은 잘못마저도 부모의 사랑에 흔적 없이 묻히는 그런 날이다. 그야말로 오늘의 주인공, 어린이가 주인 공인 날이다.

어버이날은 또 어떤가. 멀리 떨어져 있는 자식들조차도 줄지어 찾아와 용돈과 선물을 안겨주는 그런 날이 아니던가. 오죽하면 보고 싶은 자식을 마음껏 볼 수 있으니 매일 어버이날이었으면 좋겠다는 말도 생기지 않았던가. 다 큰 자녀는 직장으로, 결혼으로 멀리 떠나고 부모는 남아 자식들만 기다린다. 보고 싶어도 '오너라' 말 못 하는 것이 부모의 마음이다. 부모가 유일하게 아이들처럼 응석을 부려도 되는 날, 눈치 보지 않고 자식을 마음대로 볼 수 있는 날이 어버이날이다. 아이들도 어버이들도 행복한 날이 바로 이번 연휴가 아니던가. 그런데 느닷없는 부고는 마음을 출렁다리처럼 흔들어댄다.

가장 아찔한 소식은 어제까지도 카카오톡으로 자신의 근황을 알렸던 지인의 죽음이다. 퇴직 후 다시 직장을 얻어 첫 월급을 탔다며 인증사진을 날리던 그였다. 새로운 인생을 시작하는 그에게 단톡방 지인들은 춤추는 이모티콘을 날리며, 축하 메시지를 보냈다. 이 나이에도 뭔가를 시작할 수 있다는 용기와 자부심을 알기에 그의 출발이 우리의 출발처럼 고마웠다. 그런 그가 하루도 채 지나지 않아 죽음을 맞이했단다. 장난치고는 너무 심한 장난 같아 곧바로 전화를 했다. 그의 어머니의 죽음이 아니고, 그의 죽음이 맞는지를.

신은 그를 데려갔고, 남겨진 가족들은 죽음을 받아들이지 못해 부검까지 했단다. 평소 유달리 자신의 건강을 챙겨오던 터라 심장마비의 가능성을 알면서도 그렇게 한 것이다. 토요일 아침, 그는 우리 곁을 떠나갔고, 장례식날은 하필이면 그의 예순두 번째 생일이었다.

문상을 마친 후 『모순』이라는 책을 읽었다. 도서관에서 빌려 읽고 있던 참이라 마지막 장을 남겨둔 상태였다. 평생을 고난과 역경에 시달린 주인공의 어머니가 감옥에 간 아들 수발을 듦과 동시에, 치매에 걸린 남편 수발로 힘겨운 나날을 보내고 있었다. 반면에 어머니와 쌍둥이였던 주인공의 이모는 모든 것을 다 갖춘 편안하고 부유한 삶을 살았다. 다정한 남편에, 자식들도 외국에서 박사학위까지 받는 부러울 것 없는 삶이었지만, 결국 그녀는 자살하고 만다.

작가는 두 여인의 삶을 통해 인생의 모순을 대비시킨다. 삶은 모순처럼 허점투성이지만 누구의 삶이 올바르고 덜 힘든 것인지는 독자의 몫으로 남긴다. 오늘 그 모순이 일어난 것만 같아 책장을 덮는 순간 눈물이 일었다.

모순 같은 하루를 살며 어버이날이라 경기도에서 대구로 내려온 아들을 맞는다. 오랜만에 본 아들은 여전히 마르고 창백하다. 어린 시절, 바쁘다는 핑계로 밥 한 끼 제때 챙겨주지 못했던 기억이 떠오른다. 가까이 있으면 따뜻한 밥이라도 챙겨주련만, 멀리 있으니 마음만 애탄다. 시간은 기다려주지 않고 모순처럼 흐르기만 한다.

인생은 엇갈리고 정답이 없는 문제만 가득하다. 허겁지겁 살아가는 우리는 무엇이 모순인지 알지 못한다. 펜스에 핀 장미꽃도 모이를 먹는 비둘기도, 하늘에서 내리는 비도, 그저 제 빛깔대로 살아간다. 그것을 느끼며 살아갈 뿐.

어버이날을 앞둔 휴일을 보낸다. 모순이 넘치는 하루, 커피 한잔을 마시며 햇살에 몸을 내민다.

열두 번째 주인공

스페인이다. 열몇 시간을 비행기로 날아 마드리드에 왔다. '태양의 나라' 스페인 마드리드의 하늘은 그림처럼 선명하다. 정열적인 하늘을 보며 수채화 같은 여행을 이어간다. 콜럼버스의 흰 돛 단 배처럼 미지의 세계를 드래그하며 프라도 미술관에서 그 정점을 찍는다.

프라도 미술관은 1년에 300만 명이나 되는 사람들이 관람할 정도로 세계적으로 유명한 미술관이다. 처음 자연사 박물관으로 지어졌다가 후에 궁정 미술관으로 왕의 초상화나 소장품들을 전시했다. 전쟁 시에는 나폴레옹의 숙소로 사용되기도 하였는데 지금은 스페인의 대표적인 미술관으로 세계 5대 미술관에 속한다. 르네상스 시대, 바로크 시대, 낭만주의 작품들이

8,000여 점이나 전시되어 있으며, 지하 1층에는 스페인 왕실의 유물도 전시되어 있다. 피카소는 여러 번 프라도 미술관을 찾아 예술적인 영감을 얻기도 하였는데, 그만큼 다양한 작가들의 작품들이 전시되어 있다. 루벤스, 라파엘, 고야, 보쉬, 벨라스케스의 작품을 보려면 프라도 미술관을 찾으면 좋다.

프라도 미술관 입구에는 디에고 벨라스케스 동상이 있다. 〈시녀들〉을 그린 스페인 거장의 동상이다. 조선 후기 김홍도가 있다면 17세기 스페인에는 디에고 벨라스케스라는 화가가 있다. 그는 스물네 살에 궁정 화가가 되었는데 왕의 초상화를 하루 만에 그려 펠리페 4세로부터 신임을 얻었다. 사진이 없었던 시절 그림은 역사의 기록이자 보존이다. 그가 그린 초상화를 통해 펠리페 4세의 주걱턱을 알아보고 마르가리타 공주가 커 가는 모습을 지켜볼 수 있다. 왕 또한 그것을 알았기에 그림을 보존하고 지켰을 것이다. 예술을 사랑하는 스페인의 정열적인 모습이 보인다.

아침 일찍부터 줄을 섰으나 입구에는 이미 긴 줄이 늘어서 있다. 꼬리에 붙어 줄을 서자 어디선가 애잔한 기타 선율이 들린다. 미술관 스피커에서 나오는 음악이려니 싶었는데 얼굴을 옆으로 돌려 보니 벤치에 앉아 연주하는 집시가 보인다. 이국적인 모습에 지루함을 잊고 한참 동안 눈과 귀를 저당 잡혔다.

일행 중 한 명이 한국적인 노래를 청하고 싶다고 했다. 나 역시 〈바람의 노래〉를 청해 연주를 들어보고 싶었는데 선 듯 악보가 떠오르지 않는다. 어느새 미술관에 들어갈 차례가 되어 아쉬움을 뒤로한 채 안으로 들어섰다.

루벤스의 〈삼미신〉을 지나 벨라스케스의 〈시녀들〉을 마주한다. 사진이나 책에서만 보았던 원작을 직접 대하니 가슴이 두근거린다. 11명의 인물이 저마다 포즈를 취하며 그림 속에서 바라본다. 그림 속에는 화가인 벨라스케스 자신도 있고 마르가리타 공주도 있다. 공주를 둘러싸고 시녀들과 난쟁이가 놀란 표정을 짓고 있으며, 거울 속에 왕과 왕비가 비친다. 모두가 주인공이기도 하고 모두가 주인공이 아니기도 하다.

도슨트들은 의도적으로 원근법을 깬 작품이라며 사람들이 저마다 해석을 달리한다고 한다. 마르가리타 공주가 행복하게 노는 순간을 포착해 펠리페 4세를 위해 그린 그림이라는 것, 왕과 왕비의 초상화를 그리는데 공주가 뛰어들어 시녀들이 놀라는 장면일 것 등 해석이 분분하다. 캔버스를 든 벨라스케스 자신을 그림 속에 등장시켜 왕의 신임을 드러낸 작품이라는 이야기도 있다. 지금까지도 다양하게 해석되어 이 그림은 보는 사람이 작품을 해석해보는 재미가 있다고 한다. 그림 앞에 서면 그림 속으로 초대받는 느낌을 받는다는데, 나 역시 그림 앞에서 그림 속으로 초대되어 본다. 벨라스케스가 그린 열한 번째 인물 옆에 열두 번째 주인공이 되어 난쟁이처럼, 시녀처럼, 공주처럼, 벨라스케스처럼 되어본다.

우리의 삶도 다양한 방식으로 해석이 가능하다. 공주처럼 우아하게 살다가, 난쟁이처럼 낮은 걸음으로 헤매다가, 벨라스케스처럼 자신의 자화상을 그림 속에 그려넣게 될지도 모른다. 주인공이 되려고 애를 쓰다가 주인공이 아무런 의미가 없음을 깨닫게 된다면, 거울 속에 비치는 왕과 왕비처럼 어느 곳에서나 아무 곳에서나 자신을 비춰본다. 나 역시 시녀가 되기도 하고, 난쟁이가 되기도 하고 왕이기도 하는 삶에 순응하는 법을 배우러 이 먼 타국까지 날아왔을까. 인간의 삶이란 시대와 역사를 만들고 영원히 이어지는 것이다. 프라도 미술관에서 내 나름의 역사를 고민해 본다.

그림을 감상한 후 1층에 모이기로 했다. 일행 중 한 명이 길을 잃었다고 연락을 해왔다. 벨라스케스의 〈시녀들〉 앞에서 만나자고 하며 일행을 데리러 갔다. 미술관이긴 하지만 기나긴 역사의 터널 안에서 누구인들 길을 잃지 않으랴.

자연의 위로

– 시든 꽃을 일으켜 세우는 즐거움

사막에서

　LA 근교를 벗어나 몇 시간째 달리고 있다. 조슈아 나무를 보러 가는 길이다. 미국의 남서부 사막에서 자생하는 나무로 우리는 캘리포니아 남부와 네바다주 북쪽의 국경지대에 있는 조슈아 트리 국립공원으로 향한다.

　도로를 사이에 두고 양쪽으로 사막이 펼쳐져 있다. 소금이 덮인 듯한 허연 바위산을 지나면 또다시 메마른 붉은 흙산이 나타난다. 도로 옆에는 죽은 듯한 풀이 숨을 쉬며 사막 햇빛을 견뎌내고 있다. 이러한 풍경이 끝없이 펼쳐져 신기해하고 있던 참인데, 갑자기 차가 심하게 흔들린다. 바람이다. 다섯 명이 탄 밴을 흔드는 강한 바람이 수많은 바람개비의 터빈을 돌리고 있다. 풍력단지 군락지를 마치 영화의 한 장면처럼 달린다. 뮤직

비디오 촬영지로도 많이 이용되고 있다는 이곳은 거대한 바람 개비 행성이다. 여러 명의 슈퍼맨이 힘을 합쳐 터빈을 돌리고 있는 착각에 빠진다.

풍력단지를 막 벗어나니 선로 길에서 화물기차가 지나간다. 화물칸의 수가 족히 40칸은 넘어 보인다. 힘에 부치는지 기관차가 두 대나 연결되어 있다. 신기한 광경에 아이처럼 바라보다 서부를 횡단하는 열차려니, 상상을 펼친다. 인디언과 총잡이가 기차를 사이에 두고 추격전이 벌어진다.

마침내 국립공원에 도착한다. 곧게 뻗은 길 양옆으로 선인장 같은 조슈아 트리가 군락을 이루며 나타난다. 무릎길이부터 2미터 정도의 큰 나무가 있다. 잎은 톱니처럼 잘게 갈라져 우리나라의 소나무잎을 연상케 한다. 그러나 그 형태는 전혀 다르다. 사진으로만 보았는데 실물로는 처음 본다. 가까이 가면 가시로 사람을 쏜다는 초야 선인장도 보인다. 초야 선인장이 붉은 꽃을 피워 벌들이 군집처럼 날아든다. 벌은 똑같은 침을 가져서인지 초야 선인장을 무서워하지 않는 것 같다.

선인장 사이로 사막 풀이 보인다. 잎이 말랐다. 마른 줄기 끝에 흰 들국화 같은 꽃이 피었는데, 꽃잎 끝도 말려 있다. 말랐는데 죽지 않고 살아있다는 것이 믿기지 않는다. 도마뱀 한 마리가 빠르게 지나간다. 아주 작은 도마뱀이고 순식간이다.

사진 찍는 관광객의 부스럭거리는 소리에 놀랐는지 새도 덩달아 흩어진다. 하늘은 푸르고 태양은 건조하다.

사막 꽃처럼 살아보겠다고 결심하며 또 다른 장소로 이동한다. 초야 객투스가든과 해골 모습을 한 스컬락을 찾는다. 그리고 일몰이 유명하다는 키스 뷰를 찾아 트래킹을 한다. 여기저기 몇 곳을 더 둘러본다. 가는 곳마다 관광객들이 넘쳤다. 한국인 여행객도 보인다. 이곳에서 한국인을 만나는 것은 참으로 반가운 일이다. 고향 사람을 만난 것처럼 친근하다. 사막에서 듣는 한국말은 가장 먼저 내 귀에 들린다.

숙소를 향해 차를 몬다. 해가 지면 가로등도 없고 인터넷도 터지지 않아 미아가 될지도 모른다는 생각에 서둘러 길을 잡는다. J가 말을 꺼낸다.

"슈퍼마켓에 가려고 해도 차로 거뜬히 한 시간 이상은 달려야 할 것 같은데 이런 곳에서 아이들 공부는 어떻게 시키지?"

H가 말을 잇는다.

"홈스쿨링을 할지도 몰라."

일행들은 모두 고개를 끄덕인다. 창밖에 옹기종기 모여있는 우체통이 눈길을 끈다. 멀리 흩어져 사는 사막이니 저곳에 우체통을 놓아 우체부가 각각의 편지를 넣어 주면 찾아갈 것이라는 생각을 하니 가슴이 뭉클한다. 독특한 광경이자 한국에서는 볼 수 없는 모습이기에 사진으로 남긴다. 사막은 여행객에게는 경이로운 곳이지만 주민에게는 지혜가 필요할 것이라는 생각을 한다. 가슴 한곳에서 뭉클한 뜨거움이 인다.

가로등이 없는 사막이다 보니 해가 지자 곧바로 어둠이 스며든다. 우리는 서둘러 숙소를 찾는다. 사막 가운데 마을도 이웃도 없는 홀로 지어진 집이 숙소다. 대문도 울타리도 없이 덩그러니 집 한 채만 있다. 깊은 밤 사막 짐승이라도 나올까 불안하지만, 이것 또한 여행의 묘미라 생각하며 여장을 푼다. 밤이 깊어오자 가늘고 희미한 불빛 하나가 보인다. 저기 어디쯤 우리와 같은 나그네가 있을 것이라 상상하니 안심이 된다.

저녁 식탁을 차린다. LA 마트에서 사 온 돼지고기로 삼겹살을 굽는다. 한인 마트에서 산 미국 김치도 상에 올리고, 손바닥 크기의 색다른 오이도 접시에 담는다. 한국에서 가져온 쌈장이 당연히 주인공이다. 사막 식탁에서 한국식 밥상을 차려 모처럼 푸짐한 식사를 한다.

은하수가 밤하늘을 덮는다. 사막은 별의 하늘처럼 사방이 별로 물든다. 나는 북두칠성의 꼬리별을 따라 주인이 매달아 놓은 흔들 그네에 몸을 뉘인다. 한증막 같던 낮의 더위에서 얇은 담요가 필요할 만큼 온도가 내려간다. 담요를 두르며 운동

주의 「별 헤는 밤」을 떠올린다. 별 하나에 추억, 별 하나에 그리움, 그리고 추억.

그랜드 캐니언을 걷다

　지구 생태 발자국 네트워크(Global Footprint Network)에서는 매년 각 나라가 소비하는 생태자원의 양이 지구가 재생할 수 있는 양을 초과하는 '생태 용량 초과의 날'을 발표한다. 한국이 지구 생태자원을 다 소진한 날은 2023년 4월 2일이다. 한국보다 먼저 생태자원을 소진한 나라는 전 세계에서 카타르, 룩셈부르크, 캐나다, 아랍 에미리트, 미국, 호주, 벨기에, 덴마크, 핀란드 등 9개국에 불과하다. 즉 지구인이 미국이나 한국인처럼 생태 용량을 초과하고 산다면 우리 지구는 4개가 더 필요하다는 소리다. 국립공원을 더 많이 지정하고 자연을 보호하며 생태계 파괴를 막아야 하는 것이 얼마나 중요한지를 일깨운다.

　11박 12일의 미국 서부 여행길에 올랐다. 거대하고 웅장한

국립공원 그랜드 캐니언을 비롯해 미국의 5대 캐니언을 둘러보고 싶었다. 미국은 인천공항에서 비행기로 11시간 이상 걸리는 먼 나라이다. 시차도 우리나라와 16시간이나 차이가 난다. 낮과 밤이 서로 바뀌니 날짜와 요일이 헷갈렸다. 우리는 6월 6일에 미국으로 출발해 같은 달 18일에 한국에 도착했다. 6월 6일 오후 2시쯤 인천공항에서 출발했는데 11시간 이상 걸려 로스앤젤레스에 도착하니 또다시 6월 6일 아침이 되어있었다. 참으로 신기한 일이었다. 시간을 과거로 돌려 하루를 더 사는 기분이었다. 과거로의 여행이 이런 것이구나 싶어 마치 시간 여행자가 된 기분이었다.

이번 여행은 딸 부부와 우리 부부, 그리고 언니와 함께 갔다. 1년 전부터 여행을 계획했는데 딸이 일정을 대부분 계획했고, 우리는 듬성듬성 의견을 첨삭하는 정도였다.

그러나 자유여행을 계획하다 보니 소소하게 챙길 것이 많았다. 무엇보다 총을 소지하는 미국이라 안전이 가장 걱정되었다. 실제로 샌프란시스코에서는 거리 노숙자 때문에 상점에 안전요원을 배치하는 모습을 보았고, 호텔에서도 방 열쇠가 없으면 엘리베이터도 못 타는 것을 경험했다.

샌프란시스코의 6월 중순 저녁은 쌀쌀했다. 그럼에도 거리의 노숙자들은 비틀거리며 마약에 취한 듯 도로를 점령했다.

행복의 도시가 우울의 도시인 듯 마음이 아팠다. 집값이 비싸고 노숙자들이 많아 샌프란시스코를 떠나는 사람들이 점점 많아지고 있다는 이야기가 사실인 듯 가로등에 매달린 꽃마저 그저 화사한 꽃으로 보이지 않았다. 그러나 샌프란시스코는 세계 경제의 중심이자 기업들의 콘퍼런스가 열리는 도시이기도 하다.

그랜드 캐니언은 미국 남서부 지역에 있는 애리조나주 북부 지역에 있다. 콜로라도고원(Colorado Plateau)으로 불리는 높은 고원지대인데, 이곳을 가로질러 흐르는 콜로라도강에 의해서 만들어진 거대한 협곡이 바로 그랜드 캐니언이다. 협곡의 폭은 180m부터 30km에 이르기까지 다양한 변화가 있다. 계곡의 깊이는 1.6km에 이르며 길이는 무려 446km나 된다. 대략 서울에서 부산까지의 거리라고 가늠할 수 있다.

입구에서 입장권을 제시했을 때 모자를 쓴 중년의 안내소 직원은 친절해 보였다. 그는 한국말로 써진 지도를 주며 우리에게 말을 걸었는데 "그랜드 캐니언은 마음껏 가도 되지만 반드시 돌아와야 한다는 것을 기억하라."라고 했다. 그 말뜻을 시간이 얼마 지나지 않아 바로 알게 되었다.

그랜드 캐니언은 상상 이상으로 볼 것이 많아 쉽게 길을 잃어버린다. 어디에 있는지, 어디로 가야 하는지를 잊은 채, 그

장엄함에 이끌려 무작정 가게 된다. 그렇게 가다 보면 어느새 돌아갈 때를 놓치게 된다.

그랜드 캐니언의 웅장한 모습에 일행들은 감탄사를 연발했다. 남편이 트래킹 코스를 따라 협곡 아래로 내려가 보자고 했다. 마더포인트의 협곡을 따라 아래로 내려갔다. 난간대도 없고 밧줄도 없는 협곡이었다. 꼬불꼬불한 협곡을 얼마나 내려 갔을까? 덥기도 하고 다리도 아팠다. 위로 보아도 아찔하고 아래를 보아도 절벽 벼랑길이었다.

국립공원은 그랜드 캐니언의 환경을 보호하기 위해 최소한의 안전장치만 한다고 했다. 그래서인지 실제로 손잡이 하나 없었다. 최소한의 주차장, 최소한의 화장실만 만들어 그랜드 캐니언을 지킨다고 하니, 길에 쇠를 박는 안전장치는 생각지도 못할 일이다. 자연을 훼손하지 않고 그대로 보존해 인간과 공존하는 것 같아 뭉클했다. 불편함이 오히려 고개가 숙여지는 순간이었다.

그랜드 캐니언의 나이 25억 년 중에서 5억 년쯤 내려갔을까. 이제 거꾸로 솟은 산을 되돌아 위로 솟은 산으로 길을 잡았다. 내려갔을 때보다 올라오는 길은 두 배나 힘이 들었다. 그도 그럴 것이, 그랜드 캐니언의 탐험은 양쪽으로 솟은 산을 탐험하는 것이라고 한다. 아래로도 산이요 위로도 산이다. 그렇게 오르막길을 따라 현재로 돌아왔다.

별을 탐사하기 전 그랜드 캐니언의 지질을 먼저 연구하고 간다는 지질학자의 말이 떠올랐다. 그만큼 그랜드 캐니언은 지구의 비밀이 오롯이 숨겨져 있다. 지구 생태발자국을 쫓아 다음 목적지인 요세미티 국립공원으로 향했다. 이곳 역시 지구 하나가 숨겨져 있다고 했다.

봄 바다

봄이 되자 꽃을 보아야 하는데 바다가 그리웠다. 바다에서 파도 꽃이라도 보려는 걸까. 때마침 파도에 구르는 자갈이 자작자작 소리를 낸다. 그리움을 부르는 소리 같기도 하고, 봄비에 숨은 해를 부르는 소리 같기도 하다. 비에 가린 태양이 우주 어디에선가는 크기를 숨기고 있을 것이다. 가장 먼저 해를 맞이한다는 뜻의 '영일만' 은 아침이 가장 먼저 도착한다는 뜻이기도 하다. 나 또한 새봄에 시작하고 싶은 소망이 영일만으로 이끈 것일 테다.

연오랑세오녀 테마공원은 아늑하고 깔끔하다. 바다를 마주하며 건물이 서있고 산책길과 바위가 그 주변에 정갈하게 놓여있다. 날이 좋으면 멀리 대마도도 보인다. 공원을 보고 영일만 바다를 낀 둘레길을 걷는다. 추적추적 내리는 비 사이로 연인 한 쌍이 슈룹 꽃을 피우며 지나간다. 바다 위를 걷는 한 송이 작약 같다. 안개가 살포시 그 뒤를 쫓는다. 임금을 지키는 무사처럼 호위하듯 에워싼다.

안개와 빗속에서 바다를 보며 또 다른 연인 한 쌍을 떠올린다. 아주 오래된 신라의 연인이다. 바위에 신발을 벗어 놓고 사라진 남편, 그 남편을 기다리는 아내의 이야기다.

세오녀는 사라진 남편을 기다리며 바위에서 바다를 바라본다. 바위도 그 슬픔을 알아챘을까. 바위가 노를 달아 세오녀를 일본으로 데려간다. 다행스럽게도 부부는 일본의 궁궐에서 만난다. 왕과 왕비가 되어 행복하게 살아간다. 해피엔딩이다.

그런데 신라에서는 해와 달이 빛을 잃는다. 설화란 원래 상상 그 너머의 것을 끌어와 슬픔을 표현하는데 아마도 연오랑 세오녀의 애절한 사랑을 잃은 신라는 그 슬픔을 못 이겨 해와 달이 빛을 잃는 모양이다. 세오녀가 짠 베를 제단에 올리자 해와 달이 다시 빛을 찾는다. 설화는 그렇게 끝이 난다.

연오랑세오녀 테마공원에 있는 귀비고는 설화와 역사 사이를 오가며 고대와 현대를 연결하는 오작교 역할을 한다. 신들의 도시라고 불리는 일본 이즈모에서는 연오랑 세오녀 이야기와 비슷한 신화가 전해 내려온다. 역사가들은 연오랑 세오녀가 실존 인물일 수도 있다고 추정하며, 신라인이 배를 타고 일본으로 건너가 일본의 도시에서 터를 잡은 이야기로 고증한다. 섬나라 일본과 신라가 고대부터 연결되어 백제 이전부터 문물을 전파하고 교류하였음을 나타낸다.

연오랑 세오녀의 사랑 이야기는 몇 해 전 늦은 나이에 결혼한 지인을 떠올리게 한다. 독신으로 지내다가 쉰이 훨씬 넘은 나이에 결혼했다. 독신으로 지낸 이유가 뭐냐며 물어본 적이 있었는데, 지인은 젊은 시절 사랑하는 남자가 있었다고 했다. 공부하러 일본으로 건너간 남자를 기다리며 편지로 안부를 주고받았다고 했다. 점차 소식이 뜸해지더니 살았는지 죽었는지 생사도 모른 채 세월이 흘렀다고 했다. 그렇게 살다 보니 지금의 나이가 되었단다. 오래도록 가슴 한 귀퉁이에 기다림 하나를 달고 살았을 지인의 사랑이 세오녀가 연상되어 마음이 아팠다. 그러나 지금이라도 짝을 만나 결혼한다고 하니 얼마나 축복할 일인가. 흰머리를 염색한 새신랑과 새신부의 결혼식은 나도 신부 못지않게 떨렸다. 아름다운 부부의 새로운 시작을 연오랑 세오녀의 사랑처럼 빌어본다.

파도가 부서지는 해파랑길을 걷는다. 어깨를 감싸며 우산 속으로 끌어당기는 남편의 손에 빗물이 튄다. 문득 궁금해진다. 바다 부부는 어떤 모습일까.

진남교반의 봄

　진남교반에 닿았다. 경북 팔경 가운데 으뜸으로 꼽힌다는 이곳은 마치 봄이 내려앉은 듯 벚꽃이 사방에서 흐드러졌다. 진남교반을 감싼 나무는 오래된 해를 안고 자란 듯 몸집이 크고 뿌리가 깊었다. 절벽에서도 아랑곳없이 자리를 잡은 풍경은 시간과 역사를 고스란히 머금고 있다.

　강물 위에는 철교와 구교, 신교 세 다리가 각기 다른 얼굴로 자리를 지킨다. 다리 주변, 곧 '교반'이라 불리는 이 일대는 문경선 철로가 지나는 길목이기도 하다. 아래로는 조량천이 흐른다. 조량천은 영강을 만나 구불구불한 곡선을 그리며 절벽을 감싸 안은 듯 흘러간다. 멀리서 보면 마치 두 팔을 벌려 세상을 껴안은 듯하다. 세월이 고속도로처럼 곧기만 할 수 없다는 것을 말한다. 자연과 어우러진 굽은 곡선이 인간의 굴곡을 연상한다.

벚꽃이 만발한 길을 걷는다. 노란 개나리와 연분홍 벚꽃이 다투어 봄의 특별함을 자랑한다. 부드러운 바람 한 줄기가 뺨을 스치고 벚꽃 한 잎이 손바닥 위로 떨어진다. 부드럽고 촉촉한 꽃잎은 속세를 벗어난 사슴의 눈망울 같다. 순수한 그 모습에 무뎌진 마음이 젖는다. 드라마에서는 떨어지는 벚꽃잎을 잡으면 사랑이 이루어진다고 했다. 첫사랑이든 끝사랑이든 이 봄 나에게도 사랑이 찾아왔으면 좋겠다.

바람이 가지를 흔든다. 바람은 더 많은 꽃잎을 허공으로 뿌린다. 우수수 떨어진 꽃잎은 얕은 물 위를 가만가만 떠다니듯 포물선을 그린다. 흩어진 꽃잎은 다시 모여 서로를 에워싸듯 연결한다. 저 작은 꽃잎도 가족을 찾는가. 혹은 제 짝을 그리는가. 한참을 바라보다 토끼비리로 길을 잡는다.

진남역 위 절벽에 있는 토끼비리는 태조 왕건이 붙여준 이름이다. 왕건이 도망치던 중 토끼가 지나는 것을 본 후 토끼비리라 했다고 한다. 토끼비리는 토끼 한 마리가 겨우 다닐 정도로 가파른 길을 의미한다. 얼마나 좁고 가팔랐으면 토끼비리라 했을까. 보부상들은 이 좁은 길로 한양을 넘나들었다. 선비들 역시 과거시험을 보기 위해 색바랜 책보를 메고 재를 넘었다.

'한국의 차마고도' 라 불릴 만큼 험하고 가파른 이 길이 그들에 겐 생명을 건 도전이었다. 서러움이 박히듯 아직도 옛 모습을 그대로 간직하고 있는 길은 한쪽은 절벽이고 반대쪽도 낭떠러지이다.

절벽 사이로 자란 나무들이 빽빽하다. 얼마나 오랫동안 자리를 지킨 걸까. 나무라고 비스듬히 서 있기가 쉽지만는 않을 텐데. 나무든 인간이든 삶의 이음줄은 절벽보다 더 단단하다. 발을 헛디디면 조량천 아래로 떨어질 것 같은 길에서 내 굽은 옛길을 떠올린다.

젊은 시절 시험에 낙방한 적이 있었다. 대학을 졸업한 후 서울로 상경해 취업 시험을 봤었다. 시험에 떨어지고 다시 고향으로 내려올 땐 돌을 매단 듯 무거웠다. 단 한 번의 굴곡이라고 자신을 위로하기엔 절망이 너무 커 마음을 잡지 못했었다. 그러다 최선은 아니었지만 차선次善을 선택했고, 지금의 '나'가 만들어졌다. 최선처럼 현재를 사는 날, 그런 날에 토끼비리 같은 길이 몰려오면 매 순간 최선일 필요는 없다며 스스로를 다독인다. 봄이면 꽃을 보고 가을이면 단풍을 보는 것 또한 삶이다. 뉘엿뉘엿 넘어가는 해처럼 잠시 쉬어가며 인생을 사는 것이 지치지 않는 길일지도 모른다고 산벚꽃은 말하는 것 같다.

산벚꽃이 흰 눈처럼 진남교반을 덮었다. 길에도 분홍이고 산에도 핑크빛이다. 추운 지방 사람들은 꽃을 보러 한국에 오고, 더운 지방 사람들은 눈을 보러 이 나라를 찾는다는데. 사계절 아름다운 한국에 살고 있으니 이 또한 고마움이다. 자연은 우리에게 굴곡진 삶에도 꽃이 핀다는 것을 알게 한다. 꽃을 보며 우리는 교반에 서서 잠시 쉬어 간다. 이 봄, 내 마음에도 벚꽃 같은 하얀 꽃이 필 것 같다.

인간을 닮은 후두

후두는 우리 몸속 깊은 곳에 숨어있다. 후두가 없으면 숨을 쉴 수도, 말을 할 수도 없다. 손으로 만져볼 수도, 눈으로 들여다볼 수도 없는 이것은 작은 문 하나로 세상과 연결한다. 울음도, 노래도, 사랑을 담은 속삭임도, 모두 이 조그마한 후두에서 비롯된다. 미국 유타주에서 인간을 닮은 후두를 만났다.

유타주에 있는 브라이스 캐니언은 후두들의 궁궐이다. 브라이스 캐니언 앞에 섰을 때 몸속 후두를 거대한 풍경 속에서 발견한 기분이었다. 숲길을 벗어나니 뾰족한 첨탑이 눈앞에 펼쳐졌다. 붉은 대지 위로 촘촘히 솟아오른 수천 개의 첨탑은 바람과 빛을 머금고 있었다. 마치 지구가 들려주는 오래된 노래처럼 살아있었다. 그 속에서 지구의 노래를 들었다. 대지가 숨

쉬는 소리이자 오래된 지구의 울림이었다.

　브라이스 캐니언의 후두는 놀라울 만큼 다양하고 섬세하다. 붉은 벽면은 수천 겹의 세월을 품은 비단처럼 부드럽게 휘어있다. 뾰족한 첨탑은 정교한 조각품처럼 곧게 솟아있고, 빛이 바위에 스치는 순간마다 표정은 달라진다. 빅토리아 여왕의 옆모습을 한 후두도 있고, 두 손을 모은 수도승의 기도 모습도 있다. 토르의 망치 후두도 있고, 동화사 부처님의 모습도 있다. 후두들은 햇살이 강하게 비출 때는 궁전의 첨탑 같다가, 그늘이 드리울 때는 성당의 기둥처럼 엄숙해진다. 변화무쌍한 얼굴들은 마치 인간의 목소리처럼 낮고 높음을 오가며 다채로운 음색을 낸다.

　후두들 사이로 난 길을 따라 천천히 내려갔다. 발밑에 밟히는 붉은 흙은 바람에 날려 치맛자락에 물들었고, 바위틈에는 연약한 야생화가 고개를 내밀고 있었다. 생명이 자랄 수 없을 것만 같은 땅에서 꽃은 놀라울 만큼 단단하게 피어있었다. 마치 인간의 후두에서 흘러나오는 연약한 목소리처럼, 작고 여리지만 꺾이지 않는 생명력의 증거였다. 첨탑 사이로 올려다본 하늘은 우주처럼 파랗고, 그 하늘을 가르는 바람은 내 볼에 키스를 퍼붓듯 부드러웠다. 그 순간, 대지의 숨결 속에서 그와 하나가 되는 듯했다.

그러나 이 장엄한 풍경도 영원하지는 않다. 지질학자들은 브라이스 캐니언의 후두가 매 50년 1피트씩 깎여나가고 있다고 한다. 언젠가는 이 뾰족탑이 모두 무너져 내려 지금의 모습은 사라질 것이다. 다시 찾을 때 후두는 어떤 모습일까. 이 아름다운 모습을 후손들은 언제까지 볼 수 있을까. 내 몸을 감싸듯 후두를 감싸본다.

목 속 작은 후두를 떠올린다. 젊은 시절 '솔'을 내던 목소리는 이제 '미'를 힘겨워한다. 꾀꼬리처럼 부르던 노래는 두꺼비처럼 낮은 소리로 변했다. 세월은 소리를 완성시키기도 하지만 닳게도 한다. 초승달이 둥근달이 되고 하현달로 작아지듯 후두도 같은 운명이다. 새삼 가슴이 저릿하다. 후두의 소중함을 느낀다.

해가 진다. 노을은 첨탑 위에서 불타는 듯 붉게 번진다. 바람에 흔들리는 나무 사이로 황금빛이 스며들고, 그 빛은 바위 끝에서 마지막으로 반짝인다.

내 안의 후두도 노을을 맞을까. 목을 조용히 어루만진다. 작은 기관 속에서 들려오는 숨결과 저 거대한 바위 속에 담긴 숨결이 서로 닿아있음을 느낀다. 인간을 닮은 후두, 이 풍경이 오래도록 남아 이어지기를 바란다.

보발재 단풍

단풍 구경을 갔다. 드라이브 코스로 유명한 단양 보발재로 향했다. 가을빛이 절정을 이루고 사방 천지가 불타오르듯 붉게 물들었다. 마치 세상이 거대한 화폭이 되어 붉은 단풍을 선사하는 듯했다.

사람들은 연신 휴대전화를 들어 사진을 찍고, 감탄사를 터뜨렸다. 그들의 모습에서 묘한 부러움을 느꼈다. 단풍이 이렇게 많은 사랑을 받고 있는데, 나도 누군가에게 기억되는 순간이 있었을까. 인기 드라마에 나오는 주인공처럼 삶에서 주인공인 순간이 있었을까.

화려한 단풍에도 비밀이 하나 숨어있다. 단풍은 화려하기 위해 자기를 버린다. 가을이 되면 나무는 더 이상 잎으로 가는 물길을 허락하지 않는다. 양분과 수분이 끊긴 잎은 초록빛을 유지하지 못하고 본래의 색을 드러낸다. 붉은색, 민낯이다. 붉은빛은 뜨겁고 곱지만 동시에 죽음을 향한 신호다. 일교차가 큰 날씨일수록 단풍은 더 짙고 선명한 빛을 내지만 죽음으로 가기 전 마지막 퇴화 과정이다. 찬란함은 결국 나뭇잎으로 떨어져 땅속에 묻힌다. 절정은 짧고 인기는 한순간이다.

나뭇잎은 마지막 순간에야 본래의 색을 드러내지만, 사람은 좀처럼 민낯을 드러내길 꺼린다. 화장기 없는 얼굴, 꾸밈없는 모습을 감춘다. 그러나 진정한 사랑 앞에서는 민낯을 드러낸다. 부모가 아이의 잠든 얼굴을 보고 미소 짓고, 남편이 눈곱 낀 아내의 얼굴을 보고 예쁘다고 느낀다. 사랑이 함께하는 자리에서 민낯은 가장 고운 단풍이자 잎이 된다.

얼마 전 단풍처럼 고운 삶을 가진 사람을 잃었다. 산을 좋아해 계절마다 산의 아름다움을 전하던 그였다. 그는 해마다 송이버섯을 보내주며 친구들과 함께 나누라고 했었다. 정작 자신은 멀리 있어 함께하지 못했지만, 그의 선물은 친구들을 한자리에 모으는 계기가 되었다. 소고기를 구워 송이와 함께 먹으며 친구들은 그에게 고마움을 전했다.

어느 날 그는 우리 곁에서 사라졌다. 산도, 나무도, 단풍도 여전히 제자리를 지키고 있는데 그는 홀연히 별이 되어 떠나버

렸다. 갑작스러운 그의 죽음에 친구들은 비통해했고 그의 명복
을 빌었다.

보발재의 단풍을 보니 그가 떠오른다. 단풍이 되어 다시
돌아와 우리 곁에 머물렀으면 좋겠다. 붉은빛으로 우리 곁에
남아 그가 좋아하는 산을 마음껏 보았으면 좋겠다. 좋은 사람
은 좋은 단풍이 되어 되살아난다는 것을 믿고 싶다.

삶의 절정은 시간이 아니라, 누군가의 마음에 불꽃 같은
흔적을 남기는 순간일지 모른다. 단풍처럼 한 계절을 살지만
누군가의 가슴에 깊게 남을 수 있다면 퇴화하는 단풍도 괜찮겠
다 싶다.

엘 캐피탄의 꽃

요세미티 국립공원을 배경으로 한 드라마가 방영된다. 작년 여름에 다녀온 요세미티가 생각나 시선을 고정한다. 〈엘 캐피탄El Capitan〉에서 암벽 등반가가 등반한다. 엘 캐피탄의 바위가 세포를 드러내며 화면을 가득 채운다.

자일에 의지한 남자가 바위에 난 틈에 손을 끼운다. 안간힘을 쓰며 위태롭게 바위에 오른다. 그때다. 위에서 뭔가가 떨어진다. 사람이다. 남자가 발을 헛디디고 암벽에서 미끄러져 암벽에 대롱거린다. 화면은 남자를 클로즈업하며 위험을 알린다. 함께 오르던 동료가 다급하게 소리친다. 동료를 구하기 위해 캠을 옮긴다. 장면이 바뀌고 바위에 핀 꽃 한 송이가 바람에 도드라진다.

　요세미티 국립공원의 중심 엘캐피탄은 높이 천 미터에 달하는 화강암 절벽이다. 인간의 시간으로는 도저히 깎을 수 없는, 자연만이 조각할 수 있는 수직 벽이다. 암벽 등반가들은 엘캐피탄 등반에 도전한다. 도전의 벽 앞에서 물러서지 않는다. 자일에 몸을 의지한 채 손과 발의 끝으로 바위에 매달린다. 자신의 한계를 시험하듯 등반을 이어간다.

　요세미티에 갔을 때도 바위에 매달린 사람들이 있었다. 눈에 겨우 보일까 말까 한 모습으로 바위에 핀 한 송이 꽃처럼 고정되어 있었다. 파란색 점하나를 보았고 가이드가 사람이라고 해 등반가임을 알았다.

　엘캐피탄은 등반가들 사이에서 위험한 등반 장소로 유명하다. 실지로 여러 사람이 등반하다 추락했고, 목숨을 잃었다. 사람들은 목숨을 건 등반을 왜 시도하는 걸까. 무엇이 그들을 도전의 투혼으로 불태우게 하는 것일까. 암벽 등반가의 투혼은 자신을 증명하기 위한 생존이라는 생각을 해본다.

　미국의 등반가 알렉스 하놀드는 엘캐피탄을 맨손으로 등반한 최초의 사람이다. 그는 몇 년간의 준비를 거쳐 단 하루 만에 엘캐피탄 등반에 성공했다. 엘캐피탄은 정상에 오르기까지 사흘 밤낮을 등반해야 오를 수 있다고 한다. 줄 위에서 밥을 먹고, 하늘과 맞닿은 바위틈에서 잠을 잔다. 낮에는 태양을 벗 삼고, 밤에는 별빛과 함께 숨을 쉰다. 그렇게 사흘 밤낮을 바위에서 지낸 후 정상에 선다.

그들의 모습은 바위에 핀 꽃이다. 손 닿지 않는 꽃이다. 바위에 자리를 잡은 꽃은 모든 것을 자연에 맡긴다. 자연과 함께 숨 쉬며 생존한다. 꽃은 처절하다. 해마다 자신을 증명하며 바위틈에서 모습을 드러낸다.

바위에서 줄 하나에 몸을 의지한 채 중력을 거슬러 올라가는 사람도 꽃이다. 누가 시키지 않았지만 스스로 선택한 바위 위의 삶이다. 자연에 순응하고 그 자연에 도전하며 자신을 다지는 의지의 꽃이다.

요세미티를 다녀온 후 현실이라는 벽 앞에 섰을 때마다 그들의 모습을 떠올린다. 엘캐피탄은 우리 삶에 언제든 나타날 수 있는 벽이자 장애물이다. 정상은 고되고 힘들지만, 꼭 등반해야 하는 바위임이 틀림없다. 수직의 절벽 위 자일에만 의지하더라도 도전을 확장해본다.

요세미티에서 샌프란시스코로 돌아오는 길에 차 안에서 누군가가 Scott Mckenzie 의 ‘San Francisco’ 를 틀었었다.

‘If you’ re going to San Francisco
만약에 당신이 샌프란시스코에 가고 있다면

Be sure to wear some flowers in your hair…"
당신의 머리 위에 예쁜 꽃을 꼭 달고 가세요

노래는 감동을 증가시킨다. 암벽 등잔이라는 도전을 끝내고 돌아오는 길은 누구나 머리에 꽃을 꽂을 것이다. 꽃은 열정이자 의지이고 도전일 것이다.

텔레비전 화면 속으로 돌아온다. 요세미티의 풍경을 보기 위해 드라마에 몰입했는데 범인을 잡는 이야기가 더 호기심을 끈다. 엘캐피탄에서 일어난 살인 사건은 돈과 마약 때문이다. 탐욕이 엘캐피탄을 오염시켰다. 그러나 엘캐피탄의 풍경은 화면을 가득 채운다. 우리들의 정상처럼.

버드나무 사랑

버드나무의 꽃말은 무엇일까. 애틋한 사랑이다. 물가에 서면 버드나무를 쉽게 볼 수 있다. 그런 가지에 슬픔을 달고 있다니 눈물처럼 늘어진 버드나무 가지를 새롭게 보게 된다. 나무에도 사랑은 있는 모양이다. 버드나무 사랑 이야기를 그려본다.

밀양 위양지를 걸으며 버드나무를 본다. 버드나무 가지에서 그리스 신화를 떠올리고, 무왕과 선화공주를 떠올린다. 그리스 신화 속 오르페우스는 아폴론의 아들이자, 리라lyre 연주에 있어 인간을 넘어선 재능을 가진 천재 음악가다. 오르페우스는 아름다운 님프 에우리디케와 사랑에 빠지고 결혼하게 된다. 신혼의 단꿈이 채 가시기도 전, 에우리디케는 숲에서 뱀에게 물려 그만 목숨을 잃고 만다. 남편 오르페우스는 너무 깊은 절망에 그녀를 되찾기 위해 저승, 하데스의 세계로 내려간다. 오르페우스 음악에 감동한 저승의 왕 하데스는 단 한 가지 조건을 걸고 에우리디케를 돌려보내 준다.

"지상에 도착할 때까지 절대 뒤를 돌아보지 말 것."

지상으로 오던 중, 오르페우스는 에우리디케가 뒤따라오는지 확인하고 싶은 마음에 그만 버드나무 가지가 드리운 길목에서 뒤를 돌아보게 된다. 순간 그녀는 안개처럼 사라지고 다시는 돌아오지 못하게 된다.

오르페우스는 슬픔에 빠져 세상을 등지게 된다. 버드나무 숲에서 홀로 곡을 연주하며 아내를 그리워한다. 버드나무의 늘어진 가지와 잎은 오르페우스의 눈물과 슬픔이다. 버드나무는 잃어버린 사랑의 표상으로 굳어졌다.

프랑스 파리 루브르 박물관에 있는 장 바티스트 카미유 코로Jean-Baptiste-Camille Corot의 〈저승에서 에우리디케를 이끄는 오르페우스〉는 그림만으로도 슬픔 감정을 느끼게 한다. '아, 나무와 빛만으로도 이렇게 슬픈 이야기를 표현할 수 있구나' 하고 느끼게 하는 작품이다. 버드나무는 빛과 어울려 곧 뒤따를 불행을 예감한 듯 슬픈 사랑을 담아낸다.

백제에서는 무왕과 선화공주의 러브스토리에 버드나무가

등장한다. 궁남지는 백제 무왕 때 조성된 왕궁의 후원으로, 익산에 있는 우리나라 최초의 인공 연못이다. 무왕과 선화공주는 궁남지를 거닐며 버드나무와 같은 애틋한 사랑을 나누었다. 이삭 모양의 자주색 버드나무꽃 아래에서 둘만의 오붓한 사랑은 현재는 지역의 축제로도 자리 잡았다.

버드나무는 개울이나 호숫가에 주로 살며 길이는 10미터 이상 자라기도 한다. 우리나라의 버드나무 종류는 30여 종이나 되고 불교에서는 버드나무를 중요하게 생각한다. 중생의 작은 소원도 귀 기울여 들어주는 보살의 자비를 상징하는 버드나무는 관세음보살이 버들가지를 들고 있는 〈양류관음도楊柳觀音圖〉가 유명하다. 〈수월관음도水月觀音圖〉 역시 버드나무가 나오는 그림으로 유명하다.

버드나무 가지는 사랑의 상실과 깊이 연결된 나무로 동서양을 막론하고 우리 주변에 깊이 연관되어 있다.

초록의 버드나무 가지 사이로 위양지를 본다. 조용하고 아늑하다. 조선시대 숙종 때 밀양지역의 가뭄을 해소하기 위해 만든 위양지는 여름에는 연꽃이 만발하며 수생식물과 곤충들이 잘 보존되어있다.

위양지를 걷고 있는 연인 한 쌍이 행복해 보인다. 아이리스를 안고 있다. 근처에 화훼농장이 있어 입구에서 꽃을 팔고

있더니 아마도 그곳에서 산 모양이다. 하얀 원피스를 입은 그
녀와 파란색 꽃이 위양지의 풍경과 잘 어울린다.

　돌아가는 길에 꽃을 한 다발 사야겠다고 생각하며 위양지
를 마저 걷는다. 어디선가 오르페우스의 음악 소리가 들리는
듯하다.

깻잎 끝에 달린 햇살

입추가 지나도 한여름의 기세는 꺾일 줄 모른다. 36도의 열기가 땅을 데운다.

숨 막히는 더위 속에서 남편은 시골로 향했다. 밭에 풀을 뽑으러 간다고 했다. 남편의 도시락과 반찬을 챙겨 나도 따라 나섰다. 농사일이 힘에 부치는지 오늘따라 시골 가는 걸 힘들어하고, 벌에 쏘여 젓가락질조차 제대로 못 하던 남편의 부은 손이 걱정돼 시골로 차를 몰았다.

어릴 적 농촌에서 자란 나는 시골 가는 것을 그다지 좋아하지 않는다. 시골에 집이 있다고 하면 남들은 부러워하지만, 정작 나는 자주 찾지 않는다. 내가 기억하는 농촌은 고생의 상징이다. 새벽 댓바람부터 밭으로 나간 아버지는 달이 뜨고 붉은 노을이 어둠으로 변한 한참 후에나 집으로 왔다.

땀에 젖은 옷과 흙 묻은 바지는 아버지의 일상이었고, 호미와 낫으로 시작된 밭일은 소와 경운기의 힘을 보태도 끝나지 않았다. 씨를 뿌리면 물을 줘야 하고 비가 오면 잡초를 뽑아야 했다. 휴일도 없고, 쉬는 시간도 없는 아버지의 삶. 나는 그런 아버지의 일상을 볼 때면 억울하다고 생각했다.

땅은 진실하다고 했지만 그렇지 못했고, 누구보다 성실한 아버지의 살림은 '부유함'으로 연결되지 않았다. 속으로 다짐했었다. 절대로 어른이 되면 농촌에서 살지는 않겠다고.

그런데 남편이 아버지를 닮았다. 주중에는 도시에서 일하고, 주말이면 시골에서 밭일한다. 아버지가 그랬던 것처럼 씨를 뿌리고 풀을 뽑는다. 풀은 남편의 노동을 비웃기라도 하듯 성큼성큼 자라서 남편을 힘들게 한다. 지금 베어도 일주일이 지나면 또 고개를 쳐든다. 예초기를 돌리고 호미를 들이대도 밭은 어느새 풀의 바다로 곡식과 풀은 우산 장수와 짚신 장수처럼 신경을 곤두세운다.

남편이 일하는 대추밭을 지나 좁은 농로 길을 걸어 들깨밭으로 향했다. 잡초와 깨가 힘겨루기하듯 밭을 가득 메우고 있다. 한쪽 옆 고구마는 잡초인지 고구마인지 모를 정도로 엉켜 있고, 고추는 탄저병이 들어 거뭇거뭇하다. 제때 약을 쳐주지 않은 탓이다.

깻잎은 다행히 벌레 하나 없이 하늘을 향해 잎을 뻗고 있다. 무릎까지 자란 풀 사이를 고추 지지대 막대기로 이리저리 휘저으며 길을 연다. 뱀이 있을까 막대기로 툭툭 친다. 제때 풀을 안 베어 우거진 밭을 보고 남편을 탓한다. 남편은 한시도 쉬지 않고 밭일하는데 나는 어쩌다 한번 밭을 들여다보며 남편을 탓한다. 이기심이란. 미안하다.

밭고랑에 앉아 풀을 뜯는다. 풀을 뽑다 붉은 고추를 따고, 고구마 순을 따고, 깻잎을 딴다. 밭은 화덕처럼 뜨겁고 한낮의 더위는 온몸을 후려친다. 모기가 속옷까지 파고들어 물어뜯었는지 여기저기 간지럽고 부어오른다. 땀은 사정없이 흘러내리고 눈은 따갑다. 남편이 대추밭의 풀을 다 베었는지 뒷덜미까지 내려오는 모자를 쓰고 예초기를 메고 밭으로 온다. 밭두렁부터 시작해 솟아오른 풀을 기계로 제거한다.

남편의 모습에서 아버지를 떠올린다. 아버지의 굽은 허리, 남편의 젖은 등줄기. 그 등 위로 깻잎이 자라고, 고구마가 뿌리를 뻗는다. 풀을 베지 않으면 작물은 숨을 쉬지 못한다. 물을 주지 않으면 깨 순은 금세 고개를 숙인다. 아버지의 수고로움으로 남편의 고생으로 밭은 초록을 얻는다. 그리고 밥상이 된다. 남편 역시 그것을 알기에 땀을 흘리며 일을 하는 것이리라.

남편이 흘린 땀은 안쓰러운데 잘 영근 깻잎은 아름답기만 하다. 이 또한 아이러니다.

남편을 따라 시골에 오면 남편은 내가 시골집에 쉬기를 원한다. 하늘을 보고, 안개 낀 산을 보고, 비 내리는 지붕 아래서 마음을 비우라고 한다. 그러나 나는 풍경보다 고생이 먼저 보인다. 남편의 부은 손, 아버지의 굽은 등이 보인다. 농촌은 나에게 미움이자 애정이고, 원망이자 고마움이다.

점심 도시락을 먹기 위해 쉴 곳을 찾는다. 풀이 뽑혀 훤해진 깨밭을 바라보며 시원한 물로 목을 축인다. 가지나물에 젓가락을 얹으며 농민의 딸로 혹은 까다로운 소비자로 가격을 흥정할 때 왜 색과 맛만 따지고 농민의 흘린 땀은 따지지 않을까 생각한다. 이 또한 아이러니다.

깻잎 끝에 달린 햇살만큼이나 남편의 밥숟가락에 안도가 느껴진다.

반딧불이의 노래

"나는 내가 빛나는 별인 줄 알았어요. 몰랐어요. 난 내가 벌레라는 것을."

황가람의 〈나는 반딧불〉이란 노래다. 왠지 가슴이 먹먹해진다. 벌레인데 별이라는 생각을 하기도 하고, 별이 아니라 벌레일 것 같다는 생각에 서글퍼지기도 한다. 별일까, 벌레일까.

처음으로 반딧불이를 만난 곳은 어린 시절 고향의 여름밤이었다. 마당에 평상을 펴놓고 여름잠을 청하던 시절. 우리 집 마당에는 반딧불이가 있었다. 하늘에는 별이 총총 은하수를 만들고, 마당에는 반딧불이 날았다.

눈을 감았다 뜨면 어둠은 이내 익숙해졌고, 익숙한 어둠 속 반딧불은 초록 보석처럼 빛났다. 손을 모아 잡으려면 어느

새 처마 밑으로, 감나무 잎 새로 숨어버리는 반딧불. 아직은 젊은 아버지와 고운 어머니, 그 사이로 밭고랑처럼 누워 있는 형제들이 있었다. 평상에 누워 도란도란 이야기꽃을 피울 때쯤 어느새 나타나 하늘을 나는 반딧불이. 벌레와 별 그리고 어둠까지 가족이 되어 새벽이슬이 내릴 때까지 잠을 잤다. 우리가 벌레인지 별인지는 중요하지 않던 시절이었고 오로지 아름다운 것만 볼 수 있는 그런 시절이었다. 시간이 지나야 기억의 소중함을 알게 된다고 황가람의 노래를 들으며 기억의 소중함을 깨닫는다. 기억은 시간 이동해 뉴질랜드 반딧불이 동굴로 이끈다.

뉴질랜드 북섬 와이토모 동굴에서 두 번째로 반딧불을 만났다. 그때 본 반딧불은 잊고 살았던 어릴 적 추억을 다시 소환했다. 우리 집 마당에서 본 반딧불보다 더 많은 반딧불이 눈앞에 펼쳐졌다. 미지의 우주에 동굴여행을 온 듯했다.

보트가 물 위를 미끄러지듯 나아가자 동굴 천장에서 별빛이 하나둘 켜지기 시작했다. 그것은 하늘이 아닌 땅속에서 솟아오른 별이었다. 손톱보다 작은 몸을 가진 반딧불이가 푸른빛을 토하며 어둠을 수놓았다. 마치 우주가 동굴 속으로 내려앉은 듯, 수천 개의 초록빛이 은하수를 이루며 흐르고 있었다. 빛은 장식이 아니라 살아 움직이는 생명이었다. 숨을 삼키며 그 모습을 지켜보는데, 내 작은 숨소리가 얼마나 거칠고 둔탁한지 낮은 숨소리에도 놀랐다. 가이드가 말했다.

"소리를 내지 마세요. 반딧불이는 작은 소리에도 놀랍니다. 저 빛은 사랑의 언어입니다. 반딧불이는 빛으로 서로를 부르고, 빛으로 짝을 찾습니다."

그랬다. 인간의 만 가지 언어로도 설명하지 못하는 사랑을 반딧불이는 오로지 빛 하나로 표현하고 있었다. 내 사랑이 당신에게로 이어져 있으며 내 춤은 당신만을 위한 춤이라고, 반딧불은 세상에서 가장 작은 구애자가 되어 노래하고 있었다. 그 모습은 세상에서 가장 솔직하고 단순한 반딧불이의 언어였다.

눈을 감으면 아직도 그때의 기억이 반짝인다. 단순한 추억이 아니라 삶의 지침처럼 이끈다. 창문을 열면 도시의 불빛 속에서 새로운 반딧불이 보인다. 우주에서 지구로 날아온, 언젠가 빛날 것을 굳게 믿는 별들이 도시에서도 반짝인다. 벌레가 되지 않기 위해 애쓰는 사람들, 진짜 별이 되기 위해 꿈을 키우는 사람들의 모습이 도시 속에서 빛난다.

사람은 누구나 별처럼 빛나고 싶어 한다. 그러나 자신을 돌아보면 빛나는 주인공이 아니라 그저 흔들리며 살아가는 작은 존재임을 깨닫는다.

삶은 늘 무대 같지만, 주인공처럼 빛나는 것은 아니다. 화려한 조명 아래 주인공이 될 때도 있지만 대부분은 조명조차 닿지 않는 무대 뒤 그늘에서 살아간다. 별인 줄 알았는데 벌레였던 순간들, 그러나 달리다 보면 반딧불이처럼 하나의 언어로 통하는 문이 열릴 것이다. 그것이 어쩌면 우리가 찾는 반딧불인지도 모를 일이다.

하얀 가면

아침이면 가면을 쓴다. 화장대 앞에서 립스틱을 바르고 파운데이션을 두드리며 조심스럽게 하루를 준비한다. 단순한 화장이 아니다. 세상 속으로 나아가기 위한 나만의 가면 쓰기 의식이다. 깨끗해 보이지만 그 속에 감정이 숨는다. 침묵을 바르고 웃음을 그리며 감정의 표정 위에 고운 화장을 얹는다.

헨리 몰랜드의 〈가면을 벗은 수녀〉에는 매력적인 여인이 가면을 들고 있다. 깊게 파인 가슴 위로 빛나는 십자가 목걸이가 수녀가 아닐지 생각한다. 그러나 그녀는 매춘부다. 가면은 그녀를 숨기는 도구일 뿐이다.

얼마 전, 겨울 산행이라는 일상의 작은 여행이 있었다. 모임에서 단합회 겸 대구 근교 팔공산으로 나들이하러 갔는데,

사실 산행보다도 점심때 먹을 오리 불고기에 더 관심이 쏠렸다. 도시의 회색을 벗고 도착한 그곳은 온통 하얀 가면을 쓴 풍경이었다. 나무도, 길도, 산도 모두 눈이라는 가면을 쓰고 세상을 응시하고 있었다. 뽀드득, 뽀드득 발자국은 마치 가면 아래에서 새어 나오는 흙의 진심 같았다.

겨울 산은 지난해 계절을 벗고 새로 태어나기라도 하는 것처럼 고요했다. 그 고요 속에 일행의 소담한 걸음이 살포시 이어졌다.

누군가 눈사람을 만들었다. 작은 눈, 가지로 만든 입, 머리에 컵라면 뚜껑까지. 우리는 웃음을 터트렸다. 어른이라는 가면을 벗고 아이로 돌아갔다. 복잡한 도시에서 산속으로 여행을 온 듯, 하얀 눈 위에 발자국을 그리며 잠시 자유를 얻었다.

산행 후 우리는 점심 식사를 위해 식당에 모였다. 오리 불고기를 주문했는데 그날 전골냄비는 블랙홀이었다. 밥상 위에 올려진 반찬은 접시마다 바닥을 드러냈다. 마지막으로 나온 뜨거운 숭늉은 조롱박 바가지를 긁어가며 마셨다. 점심 식사는 배만 채운 것이 아니라 우리들의 온기도 채웠다.

밥상을 물린 우리는 윷놀이를 시작했다. 회장은 "윷이나 모가 나오면 춤을 춰야 해요!"라고 선언했다. 마치 '인싸 테스트' 처럼. 망설이던 찰나, 우리 팀에서 모가 나왔다. 나도 모르게 벌떡 일어났다. 어깨가 들썩였고, 평소엔 굳어있던 몸이 웨이브를 탔다. 그 모습이 르누아르의 시골 무도회보다 더 역동적이었는지는 알 수 없었지만, 그 순간만큼은 아무도 가면을 쓰지 않았다.

모두 가면을 벗어던졌다. 웃는 얼굴이었고 민낯의 표정이었고 눈빛은 춤을 추고 있었다. 더 자유롭고, 더 진짜 같은 춤을 모나 윷이 나올 때마다 방방 뛰며 추었다. 우리 팀이 졌지만, 기분은 좋았다. 우리는 누구도 탓하지 않았으며 오랜만에 활짝 핀 진짜 얼굴을 보아 기뻤다.

해가 산 너머로 내려앉았다. 겨울의 긴 그림자가 우리를 현실로 부드럽게 밀어 올렸다. 이제 다시 각자의 하얀 가면을 쓸 시간이었다. 하지만 오늘은 달랐다. 잠시나마 가면을 벗고 서로의 진심을 보았기 때문이다. 가면은 우리를 숨기기도 하지만 우리를 지켜주는 방패이기도 하다. 진심을 꺼낼 수 있게 도와주는 가면은 그 속에 숨은 이야기가 더 깊게 배있다.

오늘도 가면을 쓴다. 그러나 어제보다는 조금 더 투명하고 조금 더 따뜻한 가면이다. 눈처럼 하얗고 하얀 거짓말처럼 배려하는 가면이었으면 더욱 좋겠다.

로키의 풍경

16시간을 날아 밴쿠버 공항에 도착했다. 서울에서 좀 더 북쪽으로 날아온 셈이다. 비행기에서 내린 우리는 시차를 극복 못 해 시든 꽃처럼 처졌다. 긴 비행시간으로 몸과 마음이 피곤했다. 그러나 밴쿠버 공항의 상큼한 공기를 마시자 물 먹은 꽃처럼 되살아났다. 기운이 돋았다. 여행은 시든 꽃을 일으켜 세우는 즐거운 일이다.

공항에서 렌터카를 빌렸다. 한국이라면 차가 미리 준비되어 있을 터인데 관광 시즌이라 그런지 여기서는 우리가 차를 기다렸다. 서류를 작성한 후 한참 동안 대기석에 앉아있었다. 갓 반납된 차를 서둘러 내어온 듯 물기가 흐르는 차를 받았다. 주인이 미안해하는 기색이 역력해 문화가 달라도 감정은 비슷하다는 것을 느꼈다. 여행의 속도는 늦어졌지만 다른 문화 속 감정을 읽었다.

도심을 벗어나자 인터넷이 터지지 않았다. 어디서든 연결되는 촘촘한 그물망 같은 한국의 인터넷 신호가 이곳에서는 당연하지 않은 듯 인터넷이 됐다 안 됐다 했다. 이제는 아예 끊겨 버렸다. 어떻게 알았는지 사위가 지도를 미리 저장해 왔다. 지도를 보고 이정표를 보고 운전했다. 낯선 나라에서는 돌발상황에 대한 준비도 필요하다는 것을 느꼈다. 덕분에 길을 잃을까 봐 내비게이션 기계만 들여다보던 습관을 잠시 내려놓고 옆에 앉은 사람과 말을 섞으며 풍경도 즐겼다.

클리어워터 숙소에 도착한 것은 저녁 아홉 시 반이 넘은 시각이었다. 북쪽이라 하나 여름이라서 해는 아직 땅에 남아 있었다. 긴 햇살은 우리에게 시간을 덤으로 준다. 여행에서 가장 중요한 것은 풍경이 아니라 시간의 리듬이다. 유럽에서 겨울은 오후 다섯 시만 되어도 한밤중처럼 어둡다. 겨울에 유럽에서 여행한 적이 있었는데 시간이 짧아 많은 것을 보지 못했다. 이번 여행에서는 길어진 시간이 선물처럼 여겨졌다. 저녁 햇살 속 풍경은 끝이 아니라 하루의 시작처럼 느껴져 아침과 저녁에 대한 인식을 바꾸게 했다.

다음 날 아침, 우리는 숙소 근처 작은 편의점 식당에서 햄버거를 샀다. 검은 핏불테리어를 데리고 온 로봇팔 주민이 환하게 웃으며 인사했다. 전쟁에 참전했다가 다쳤는지 한쪽 팔에 보철을 끼고 있었다. 아무렇지도 않게 여행객에게 인사를 건네는 모습은 인상적이었다. 주인을 기다리며 편의점 입구에서 앉아있는 검은 개 핏불테리어 또한 대견스러웠다. 화장실에서도 아주머니가 문을 잡아주었다. 여행은 풍경보다 마음이 먼저 기억된다고 이곳 사람들의 따뜻한 마음이 가슴에 새겨졌다.

코닥 사진 광고로 유명해진 말린 호수의 작은 섬 스피릿 아일랜드에서 배를 몰던 가이드 폴 역시 누구보다 친절했다. 그는 말린 호수의 원주민 이야기를 유머를 섞어 들려주었는데 휴대전화 통역기를 켜 그의 말을 알아들었다. 누군가가 이 호수에 빠진다면 물고기가 좋아할 것이라며, 자신은 수영을 못하니 호수에 빠진 당신을 절대 구해주지 못할 것이라고 유머러스하게 이야기하는 모습에 웃음을 터트렸다. 안전조차도 강요하지 않고 즐겁게 말해 가이드 폴이 더욱 돋보이는 순간이었다. 섬을 둘러본 후 다시 배에 올랐을 때도 그는 승객 한 명 한 명 눈을 맞춰 질문이 없냐며 물었다. 그의 다정함에 질문 하나를 던졌다. 호수 멀리 보이는 설산에 관해 물었고 그는 빙하 산이라며 사계절 내내 눈 덮인 산을 볼 수 있는데 지금은 여름이라 조금 녹은 모습이라 했다.

로키를 여행하는 동안 현지인과 접할 기회가 종종 있었다. 로키의 사람들은 꽤 친절했고 항상 웃음을 머금고 있었다. 자연과 함께 지내서일까. 각박하지 않았다. 빠르고 복잡한 도시와는 사뭇 다른 풍경에 여유를 가지며 여행을 즐겼다. 자연은 인간을 변화시킨다. 자연 속에서 인간은 인간다울 수 있는 모양이다. 로키의 도로에서 곰 주의 표지판을 보며 로키의 다른 얼굴을 만나러 또다시 달렸다.

길 위의 사색

– 떠남은 또 다른 기억의 시작이다

떠남은 파도처럼

하늘에는 비행기가 선을 긋고, 바다에는 하얀 돛단배가 파도를 가른다. 숲에서는 새소리가 깨어나고 나는 바람이 되어 밴쿠버의 아침을 느낀다. 누군가는 요트를 타고 바다로 나아가고, 누군가는 공항을 향해 또 다른 길 위에 선다. 출발과 도착, 만남과 이별이 교차하는 이 도시의 아침은 모든 것을 품은 듯 평화롭다.

아파트 18층 창가에 서서 이 모든 풍경을 내려다본다. 세 면이 통유리로 된 숙소는 마치 도시와 바다와 숲을 동시에 껴안는 거대한 액자 같다. 어떻게 이런 숙소를 예약할 수 있었을까. 딸이 인터넷을 뒤지고 숙소의 후기를 검색하고, 여러 차례 일정을 조율한 노력일 것이다. 엄마와 아빠, 그리고 이모까지 데리고 여행을 계획한 딸의 정성이 마지막까지 가슴을 울린다. 참, 고맙다. 아무리 자식이라 하나 부모의 일정에 맞게 여행을 계획해 이 먼 곳까지 데리고 온다는 것이 쉽지만은 않을 터인데. 살다 보니 이런 시간이 진짜 행복처럼 느껴진다.

어젯밤에는 빌딩 숲 사이로 반짝이던 불빛을 바라보다 잠들었고, 새벽에는 가장 먼저 도시를 비추는 햇살을 맞이하기 위해 창을 열었다. 이 시간이 마치 일생에 단 한 번 주어지는 특별한 선물 같아 한순간도 허투루 보내지 않으려고 노력했다.

밤에는 보이지 않던 기차가 새벽빛 속에서 길게 그림자를 남기며 도시를 가로지르는 모습이 눈에 들어왔다. 높은 곳에 서면 너무 많은 것들이 한눈에 들어온다. 커다란 바다와 작디작은 사람, 가느다란 빛줄기와 거대한 건물. 불빛 사이로 스며드는 사람들의 삶이 창 너머로 전해지고, 차가 줄어드는 밤이면 도시 전체가 하나의 별빛이 되어 움직인다. 그 장면을 카메라에 담고, 머릿속에 그리며, 마음에 담으려 또 담으려 애썼다. 언젠가 기억이 옅어질 때 이 순간의 감정만큼은 오래 살아있기를 바라며, 영원한 보온병에 따뜻한 마음을 가두고 싶었다.

바닷가 카페로 향했다. 숙소에서 도보로 이십여 분 남짓, 스탠리 파크로 이어지는 해안 산책로 끝에 있는 작은 카페를 찾았다. 너무 이른 시간에 도착했는지 가게 문은 아직도 닫혀

있다. 우리는 야외 테라스에 앉아 바다를 바라보고 나무에 걸린 햇살을 본다.

어젯밤, 해변에서는 젊은 연인이 맥주를 마시며 사랑을 속삭이고 있었다. 지금은 그 자리에 오리 몇 마리가 가족이 되어 남겨진 빵 부스러기를 쪼고 있다. 바다는 어제를 지우지 않는다. 다만 어제의 풍경 위에 오늘을 겹쳐 기록한다. 해변은 수많은 이들의 사랑을 기억하며 불빛과 희망을 나무에 새긴다.

카페 문이 열리고 사람들은 일어서 줄을 선다. 커피와 차, 갓 구운 빵을 주문한다. 잔에서 피어오르는 향은 파도처럼 번져 바다와 햇살 속으로 스며든다. 닻을 풀고 떠나는 배, 점점 늘어나는 조깅하는 사람들, 갈매기 한 마리의 날갯짓까지, 이 모든 것이 하나의 합창처럼 아침을 울리고 있다.

우리는 테이블에 앉아 조깅하는 사람들을 바라보며 어제 낮에 방문한 그랜빌 아일랜드 이야기로 꽃을 피운다. 오래된 창고를 개조한 시장에는 수공예품이 늘어서 있었고, 거리의 음악가들은 바다 냄새와 함께 악기를 울렸다. 항구에는 작은 보트들이 드나들며 도시의 리듬에 또 다른 박자를 얹었다. 그곳은 자유롭고 다채로운 색채가 살아있는 도시의 또 다른 얼굴이었다.

개스타운의 증기 시계 앞에서는 시간이 멈춘 듯했다. 1977

년에 세워진 시계는 지하에서 솟는 증기를 동력으로 삼아 정해진 시간마다 맑은 멜로디를 내뿜는다. 김이 모락모락 피어오르고 손을 뻗어 증기를 잡으려 하면 이내 허공으로 흩어진다. 잡히지 않는 그 순간이야말로 시간이 지닌 본질 같다. 그 장면을 지켜보며, 이 짧은 여행의 시간 또한 손가락 사이로 흘러가고 있음을 느낀다.

밴쿠버의 거리는 다층적이다. 밤에는 마약으로 인한 어둠과 위험의 그림자가 스미지만, 아침이 되면 청소차와 햇살이 그것을 걷어낸다. 무지개색 스티커가 붙은 가게의 창문은 다양성과 수용의 표정을 드러냈고, 바다와 숲, 예술과 자유가 도시의 심장을 박동 치게 했다.

떠남은 파도처럼 다가온다. 창밖의 바다를 오래 바라보며 생각한다. 이곳을 다시 올 수 있을까. 인생에는 가야 할 길이 많고, 시간은 언제나 빠르게 달아난다. 어쩌면 밴쿠버는 단 한 번의 아침으로만 내게 남을지도 모른다. 그러기에 더욱 깊이 새긴다. 스탠리 파크의 푸른빛, 그랜빌 아일랜드의 분주한 색채, 개스타운 증기 시계의 멜로디, 그리고 창가를 가득 채우던 도시의 아침. 그것들을 하나하나 접어 마음에 넣는다.

떠남은 끝이 아니다. 그것은 또 다른 기억의 시작이다. 여행은 언제나 내 삶을 다른 빛으로 비추어주는 창이고, 밴쿠버

의 아침은 그 창을 활짝 열어준다. 언젠가 다시 오지 못한다 해
도, 이 아침의 숨결은 오래도록 내 안에서 살아있을 것이다. 또
다른 기억의 시작이 되어 내 심장을 조깅하듯 속도에 맞춰 뛰
게 될 것이다.

남강의 시린 물비늘

새해에 의령을 찾았다. 남강의 시린 물비늘 속에서 무리를 지어 체온을 덥히는 피라미 떼를 보니 살얼음 같던 마음에 기운이 솟았다. 어쩌면 올해는 삶의 이음줄이 의병처럼 일어나 결전의 순간 승리를 거둘지도 모를 일이다.

지난해에는 댑싸리를 보러 호국의병의숲을 찾았다가 리치리치 페스티벌 기간이라 축제 현장도 함께 둘러보았었다. '부자 축제'라는 말에 몹시 궁금하기도 하고 의아하기도 하였다. 부자라고 하면 놀부가 연상되고 재벌이 떠올라 마음이 빨래판처럼 울퉁불퉁해졌는데, 막상 축제 현장을 보고 나니 그간의 생각들이 물 흐르듯 녹았다.

축제 현장은 의병의 승전보를 전하는 모습처럼 후끈거렸

으며, 원초적인 욕구가 충족된 듯 즐거워 보였다. 부富는 인간의 가장 큰 소원이자 인간답게 살 수 있는 무기이기도 하다. 건강을 제외하면 부富는 씨줄과도 같지 않을까. 쌀을 살 수도 있고 옷을 살 수도 있는 것이 돈이다. 동물과 인간을 구분 짓는 것도 돈이 아니던가.

돈은 인간을 인간답게 만들기도 한다. 손주들에게 세뱃돈도 줄 수 있고, 고기를 못 씹는 부모에게 임플란트를 심어 효도할 수 있게 한다. 새로운 출발을 꿈꾸는 자식들에겐 든든한 지원자가 될 수 있고, 지인들의 혼사에도 마음을 담은 축의금을 낼 수 있다. 더도 말고 덜도 말고 딱 이만큼만 돈이 있었으면 좋겠다고 생각하며 살아왔다. 그런 돈과 연관된 부자 축제라는데 어찌 궁금하지 않겠는가.

리치리치 페스티벌은 생각보다 규모가 컸다. 수많은 군중 속에서도 눈길을 끄는 것은 단연 솥이었다. 솥은 부의 상징이자 밥의 근원이다. 그런 솥 위에 무쇠 솥뚜껑이 우람하게 수박을 품고 있었다. 붉은 각 얼음 수박이 수북이 쌓여있었는데, 새색시 얼굴에 곤지처럼 붙인 수박씨가 정점을 찍었다. 막 족두리를 벗기 시작한 듯 부끄러운 얼굴을 한 수박이 화채가 되어, 줄을 지은 시민들 입속으로 빠르게 사라졌다.

양푼도 있고 가벼운 플라스틱 그릇도 있는데 하필이면 왜 가마솥 뚜껑을 사용했을까. 참 특이하다고 생각했는데 남강에 세 발을 담그고 있는 솥바위를 보고 오늘에야 그 이유를 짐작한다. 정암진의 솥바위를 상징한 것일 테다.

의령 솥바위는 의병의 기운을 품은 남강의 살갗에 세 발을 담그고 있다. 세 발을 버팀목으로 하고 그 위에 바위 하나가 있는데, 솥을 닮았다 하여 솥바위 즉 부자바위라고 일컫는다. 솥바위를 지나는 도사가 반경 20리 안에는 부귀가 끊이지 않을 것이라 예언하였다 하니 그 범위 안에 삼성, 엘지, 효성그룹 창업주가 출생한 것만 봐도 예사롭지 않은 바위이다.

대한민국 부자 1번지 솥바위를 정암 철교 위에서 내려다본다. 새해 일출이 청동빛 태양이 되어 투명한 날씨로 퍼진다. 남강에 비친 솥바위의 소나무가 유난히 청초해 보인다. 누구나 마음만 먹으면 세상을 구하는 의인이 될 수 있다는 듯, 하늘을 향해 결의를 다진다.

철교를 걸으며 주위를 살피니 동면에 들어간 나뭇가지 사이로 근엄하게 의령을 지키고 있는 동상이 눈에 들어온다. 붉은 휘장이 생동감 있게 돋보이는 곽재우 장군의 동상이다. 전쟁이 끝났음에도 호위무사처럼 서있는 모습이 새삼 고맙다. 나는 손을 모아 양쪽으로 합장한다. 이왕이면 의병의 우렁찬 기운도 받고, 솥바위의 부자 기운도 받을 겸 양쪽으로 고개를 숙인다. 오늘만큼은 놀부가 되어도 괜찮을 것 같다. 욕심의 심보만 없앤다면 놀부 또한 곽재우 장군처럼 전 재산을 들여 의병을 세울지 누가 알겠는가. 손의 각도를 더 날카롭게 세워 두 손을 모아본다.

리치리치 페스티벌에서 이벤트로 준 복권이 생각난다. 돌아가는 길에 의령 시내에서 복권 한 장을 사야겠다. 새해 남강의 기운이라면 당첨될지도 모르겠다. 꽝이어도 상관없다. 꼭 복권이 아니더라도 더 좋은 행운이 찾아올지 누가 알겠는가.

피라미 떼가 오리를 맞아 결전의 전투를 치르는지 정암교 주변 남강의 물비늘이 인다. 피라미 떼의 역습을 기대해 본다. 피라미 떼를 의병으로 투영하고 싶은가 보다.

샌프란시스코의 이별

라스베이거스 해리 리드 국제공항에서 샌프란시스코로 이동하는 공항 안이다. LA와 라스베이거스에서 여러 날을 보내고 이제 샌프란시스코로 가기 위해 수속을 마쳤다. 공항 안 탑승 케이트 앞에서 라스베이거스에서 찍은 사진들을 훑어보며 추억을 더듬고 있는데, 유난히 눈에 띄는 한 남자가 있다. 로뎅의 '생각하는 사람'을 연상케 하듯 이목구비가 뚜렷하다. 하얀 얼굴에 짧은 턱수염이 서양인 특유의 매력을 발산하는 젊은 백인 남자다.

'저렇게 잘생긴 남자가 왜 홀로 여행을 하는 것일까?'

자신이 잘생겼다는 것을 알고 있음에도 여자에겐 무심한, 자기의 일만 하는 그런 남자일 것이라고 단정 짓자 심장은 기류에 흔들리는 비행기처럼 요동친다. 이 순간 젊어지는 마법의 샘물이라도 있다면 당장이라도 들이키고 싶은 충동을 억누른다.

"영어라도 잘한다면 말이라도 붙여볼걸."

작년 가을 스페인 여행길에도 두근거리는 마음이 일었다. 스페인 남자들은 하나같이 조각처럼 생겼고, 플라타너스처럼 곧게 뻗어 마음을 흔들어 놓았었다. 나이가 듦에도 마음은 늙지 않고 이십 대 그대로 유지되고 있다는 말은 이러한 상황을 두고 한 말일 것이다. 몸은 늙고 세월은 흘렀는데 마음은 시간을 따라잡지 못한다.

비행기가 이륙한다. 하늘을 향해 있는 힘껏 솟아오른 비행기가 채 균형을 잡기도 전 흔들리기 시작한다. 마른하늘에 날벼락이라고 기류를 잘못 탄 것 같다. 몇 번 더 잔 흔들림이 있더니 비행기가 기류를 빠져나왔는지 고도를 유지한다. 긴장이 풀린다. 그때 비행기 좌석 사이로 내 바로 앞에 앉은 남자가 보인다. 좀 전까지만 해도 심장을 심하게 흔들어 놓았던 바로 그 남자, 근육이 드러난 흰색 셔츠에 진을 입은 그 남자다.

'아! 이게 웬일일까?' 그가 비스듬히 고개를 옆으로 놓아 어깨 위에 내려놓는데 그 어깨의 주인은 곱슬머리의 수염 난 남자다. 양옆엔 분명 남자밖에 없다. 고개를 쑥 빼내 보다가,

다시 의자 틈 사이로 조심히 보아도 두 남자는 양손을 포개 깍지를 끼고 있다.

"헉!"

얼굴은 화끈거리고 가슴은 그를 처음 봤을 때보다 더욱 심하게 요동친다. 그가 '게이' 일 것이라는 생각을 지울 수가 없다. 다시 보아도 변함없는 한 쌍의 남자 연인이다. 그러고 보니 샌프란시스코는 게이의 천국이자 합법적인 결혼까지 허용한 나라가 아니던가. 다음 주가 되면 (6월 마지막 주) 무지개색 깃발을 휘날리며 '게이 퍼레이드' 가 펼쳐진다. 어쩌면 그는 벌써 결혼을 한 누군가의 아내일지도 모른다. 불륜을 저지른 사람처럼 내 마음을 접었다 폈다 하며 좌불안석이 되었다. 불안하고, 실망스러운 오만가지의 감정들이 뒤섞여 내 마음을 추스르지 못한 채 샌프란시스코 국제공항에 도착했다. 샌프란시스코 국제공항은 미국 최초의 게이 정치인인 '하비 밀크' 의 이름을 따 '하비 밀크 국제공항' 으로 개명 승인을 기다리고 있는 중이다. 내가 내린 공항은 그가 자랑스러워하는 게이 정치인의 이름을 딴 공항이자 그의 사랑을 인정해 주는 도시이기도 하다.

그는 그의 도시에서 유유히 사랑하는 남자의 손을 잡고 공항을 빠져나갔다. 그의 뒷모습에서 눈을 뗄 수 없었다. 내 사랑은 그렇게 샌프란시스코에서 이별을 고했다.

누에보 다리에서

헤밍웨이 거리를 지나 누에보 다리를 걷는다. 구시가지와 신시가지를 연결한 다리는 사진을 찍는 사람들로 즐비하다. 그 속에 내가 있다.

중학교 시절 담임선생님은 한국문학을 먼저 접하고 세계문학을 읽으면 좋다고 했다. 한국문학보다는 세계문학에 관심이 더 많았다. 우리나라 소설 속에 나오는 시대적 배경이나 환경은 내가 살고 있거나 나의 부모, 조상들이 살아온 배경과도 흡사해 과몰입되어 읽을 때마다 마음이 아팠다. 심지어는 부당하다는 생각까지 들어 책을 읽으면서까지 고통을 감내하고 싶지 않았다. 그래서 국문학을 멀리했었다. 개인의 환경 탓이라고 핑계를 대본다.

　　그런 의미에서 우리와는 조금 동떨어진 바다 건너 서양 사람들의 생활을 동경했었다.『젊은 베르테르의 슬픔』을 읽으며 그 나라를 궁금해했고,『누구를 위하여 종을 울리나』를 읽으며 헤밍웨이를 그리워했다. 언젠가는 꼭 소설 속 배경들을 찾아보리라 마음먹으며 미래를 꿈꿨다. 우리나라 지도 밖의 세상이 콜럼버스의 호기심처럼 달아올랐다.

　『이방인』의 뫼르소처럼 삶을 무기력하게 보낸 적이 있었다. 아무런 희망도 없이 왜 살아야 하는지 살아있음의 의미를 찾지 못하고 있을 때였다. 우연히 소설을 읽게 되었는데 소설 속 배경들에 흥미가 생겼다. 주인공이 아닌 배경에 불과한 것이지만, 나름의 의미가 있는 것 같아 동질감이 생겼다. 주인공이 아니라 스스로를 배경이라 자처했던 것 같다.

　　배경은 아무런 의미가 없어 보이지만 없어서는 안 되는 병풍 같은 존재라고 생각한다. 배경이 있어야 삶의 무대가 생기고 그 삶의 고랑이 펼쳐진다. 훗날 기회가 된다면 꼭 소설 속 배경들을 찾아보리라 마음먹었던 것 같다.

　　마침내 이곳에 왔다. 그때의 기억을 떠올리며 스페인의 누에보 다리를 걷는다.『누구를 위하여 종을 울리나』를 집필하고 배경이 된 스페인 남부지방의 론다 시가지를 바라본다. "세상은 싸울 가치가 있는 좋은 곳이다."라는 조던의 말을 떠올린다.

헤밍웨이가 산책한 거리는 지금도 골목과 나무들이 그대로 있
다. 그의 자취를 따라 걸으며 헤밍웨이를 떠올린다. 론다의 햇
살이 잔잔하게 흐르며 타임머신을 타고 그대로 전해지는 것 같
다.

　누에보 다리는 1751년에 시작해 42년 동안 지어졌다. 무어
인의 침입을 막기 위해 론다지방 요새에 세워진 다리였다. 지
금은 신시가지와 구시가지를 이어주고 있다. 미국의 퍼스트레
이디 오바마도 이곳을 찾아 여름휴가를 보냈을 정도로 아름답
고 이국적이다.

　이 다리에는 깊은 아픔이 배어있다. 다리를 건설할 당시
좁은 협곡으로 인해 많은 노동자가 죽었다. 스페인 내전 당시
에는 다리 아래 감옥을 만들어 감옥으로 사용되기도 하였고,
다리 위에서 사람을 떨어뜨려 처형을 시키기도 하였다. 지하감
옥은 아직도 그 흔적을 고스란히 보존한 채 다리 위의 아픔을
기억하고 있다. 『누구를 위하여 종을 울리나』의 처형 장면도
이곳에서 촬영되었다 하니, 이 다리는 죽음과 아름다움이 동시
에 공존한다. 헤밍웨이는 이러한 아픔을 그의 작품 속에 담아
내었던 듯싶다.

　다리 아래 절벽에는 호텔과 레스토랑이 즐비하다. 『누구
를 위하여 종을 울리나』에 나오는 동굴 레스토랑이 이곳이 아

닐지 하는 상상을 한다. 아찔한 절벽을 바라보며 조던을 떠올려 본다. 조던은 다리를 폭파하기 위해 산속 동굴 속에서 숨어 지냈다. 마리아를 만난 것도 동굴 속 카페였는데, 어쩌면 저기 어딘가에서 포도주를 마시며, 마리아와 사랑을 속삭였는지도 모를 일이다.

동굴 속 침낭 속에서 밤을 보내는 장면이 불현듯 떠오르는 것은, 이곳이 정열의 도시이자 전쟁의 도시이기 때문일까. 협곡 레스토랑에서 포도주를 마셔보고 싶다는 충동이 인다. 조던과 마리아가 마신 적포도주를 마시며 그때의 전쟁이 되풀이되지 않도록 고민해 보고 싶다. 때마침 귀에 익숙한 기타 선율이 분위기를 고조시킨다. 사랑과 낭만을 노래하는 로맨스다. 턱수염을 기른 집시가 로맨스를 연주한다. 사랑을 부르는 연주 같기도 한 선율은 다리 쇠창살로 번져 푸른 하늘에 떠있는 구름에 닿는다. 11월의 토요일 오후, 반소매 차림 현지인의 웃음소리가 활기차다. 고향의 시골 동네와는 전혀 다른 풍경이다.

적포도주 같은 정열이 피의 죽음 위에 새롭게 건설된 것일까. 죽음의 다리였지만 부활의 다리로 새로 탄생한 누에보 다리 주변에서 젊은이들의 웃음소리가 끊이지 않는다. 그들 속에서 오늘은 행복한 주인공이 되어본다. 주인공이 아니라 배경도 나쁘지 않다는 생각이 든다.

보이는 것이 전부가 아니다

선운사가 있는 고창을 찾았다. 고창은 계절마다 이름이 바뀔 정도로 맑고 아름답다고 한다. 지인의 친정이 있는 곳이기도 해 더 가깝게 느껴진다.

선운사는 예전에 한 번 들른 적이 있다. 하지만 시인들의 시상이 담겨 있는 동백숲이나 용이 드나든다는 용문굴 〈대장금〉 어머니의 돌무덤 촬영지는 보지 못했다. 대웅전과 그 주변 산새의 기운만 허겁지겁 둘러보았었는데, 이번에는 지장보살에게 기도라도 하려는 듯 머리에 그리고 왔다.

산사의 입구에 들어서자, 하루 만에 선운사를 둘러보겠다는 마음은 부질없다는 생각이 들었다. 선운사는 생각보다 볼거리가 많고 넓었다.

대웅전 앞 만세루가 눈에 들어온다. 절을 찾은 사람들이 잠시 만세루에 앉아 차를 마시고 있다. 만세루는 굽은 나무들과 색 바랜 누각이 요즘의 지친 나를 보듯 푸석해 보인다. 그러나 그 내면은 누구보다 강한 듯 보물로 지정되어 있다. 보이는 것이 전부가 아니라 오래된 것이 더 가치 있음을 나타낸다. 좋은 나무는 더 좋은 곳을 향하게 하고, 남은 것끼리 붙이고 이어 만세루를 만들었다 하니 쓸모없다고 낙담은 이르다.

만세루를 지은 장인은 쓸모없음의 쓸모에 지장보살의 기도를 담고 싶었는지도 모른다. 지옥 불에 떨어질 중생을 구원하고자 하는 지장보살의 한 줄기 기도 소리가 만세루의 처마를 훑고 간다.

선운사를 찾은 또 하나의 이유는 노스님들이 유머러스하게 말하는, 일본으로 유학 다녀온 지장보살을 보기 위함이다. 급한 대로 모든 신들에게 기도하는 처지지만, 얼마 전 방송에서 일본에서 돌아온 지장보살 이야기를 들었다. 선운사에 있다는 소리를 듣고 소원을 빌고 싶었다.

이미 유명한 소식일 수 있으나 나는 처음 듣는 이야기였다. 지장보살에 얽힌 이야기는 감명이 깊다. 일제 강점기에 도벌꾼들이 지장보살상을 일본에 팔아넘겼다고 한다. 어느 날 지장보살상이 소장자의 꿈에 나타나 "나는 본래 전북 고창 도솔

산에 있었으니, 어서 그곳으로 돌려보내 달라."고 했다.

그 후 지장보살 소장자에게 우환이 끊이지 않아 서둘러 지장보살을 다른 사람에게 팔았다. 그 역시 같은 꿈을 꾸고 우환이 들었다. 결국 지장보살은 2년여 만에 선운사 도솔천 내원 궁에 돌아왔다. 지장보살의 영험함에 대한 소문이 그때부터 퍼지기 시작했는데, 선운사를 찾는 사람들은 내원궁을 찾아 소원을 빈다고 한다. 기도를 통해 앞날을 기원하고 위안을 얻는다.

고등학교 시절 아버지가 갑작스럽게 돌아가셨다. 당시 언니는 다른 지역에 살고 있었다. 경황 중에 연락을 못 하고 있었는데 언니가 집으로 전화를 했다. 상주가 보이는 꿈을 꾸었는데 꿈자리가 이상해 집으로 전화를 했다고 말했다. 아버지의 죽음을 전해 들은 언니는 한걸음에 달려왔고 상여가 나가는 날 부여잡고 울었다. 꿈은 우리가 과학적으로 믿기 어려운 예지능력을 갖고 있다. 지장보살이 꿈에 나타났다는 이야기는 거짓말이 아닐 수도 있다는 생각을 해본다. 간절함이 에너지를 만들어 우주의 기운을 모아 무엇인가를 보여주는 것이리라.

끌어당김은 인간과 인간 사이에 보이지 않는 에너지이다. 과학적으로 설명되지 않는 일들에 마음을 빼앗기는 이유도 우리가 모르는 끌어당김의 법칙이 작용해서가 아닐까. 증명되지 않은 것들에도 마음을 연다. 우주에는 우리가 모르는 일들이

왕성하고 우리의 존재는 미미하다. 신이 될 수는 없지만 주어진 삶을 살다 보면 간절함은 이루어질 것이다. 극락왕생을 빌며 염불하는 스님도 그것을 기원하고 있다. 세상을 위하여 끊임없이 기도한다.

만세루에 앉아 지친 몸을 쉬게 한다. 자투리 같은 삶이었으나 만세루 같은 보물이 될 수 있다고 믿으며 호흡을 가다듬는다. 한숨 돌린 후 도솔천 내원궁 지장보살에게 손을 모으기 위해 몸을 일으킨다. 처마에 걸린 풍경이 산세를 먼저 한 바퀴 돈다.

존재 자체가 들판인 사람들

아메리칸 원주민인 나바호 부족은 자연을 신성한 존재라고 믿는다. 풀 한 포기, 돌멩이 하나에도 의미가 있다고 생각한다. 나바호족 자치에 있는 군살 없는 인디언의 마을, 모뉴멘트 밸리Monument Valley를 찾았다.

나바호족은 미국의 남서부 지역에 우주의 원력처럼 거주해 온 인디언 부족이다. 나바호족으로 등록된 인구는 30만 명이나 된다. 미국 내에 565 부족이 있는데, 그중에서 가장 큰 부족이 나바호 부족이다. 60%의 나바호인은 연방 정부에서 정해 놓은 나바호 인디언 보호구역에 거주한다.

우리나라 6.25 전쟁 때 나바호족 8백여 명이 참전하였으며, 코로나19 팬데믹 때는 우리 정부 역시 마스크와 손 소독제를 보내 나바호족을 지원했다. '나바호' 란 푸에블로 인디언의 테와Tewa 언어로 '들판' 을 의미한다. 들판에서 살고, 들판과 같은 존재이며, 존재 자체가 들판인 그들의 세계에 발을 들여놓는다.

모뉴먼트 밸리를 향한 길 위에서 처음 붉은 협곡이 시야에 들어왔을 때, 영화 속 장면으로 들어간 듯한 착각에 빠졌다. 황량한 사막 위로 솟아오른 붉은 바위기둥은 바람과 시간의 기록을 담고 있었다. 그러나 그 풍경을 더욱 특별하게 만든 것은 단순히 자연의 장엄함이 아니라, 그곳이 나바호 인디언들의 삶과 신앙이 오랜 세월 깃든 땅이라는 사실이었다.

모뉴먼트 밸리가 우리에게 알려진 것은 1939년이다. 존 포드 감독, 존 웨인이 주연한 〈역마차〉라는 서부영화를 통해 처음 등장하며 알려졌다. 그 후 수많은 영화 촬영지가 되기도 하였고, 지금도 지구 속 색다른 별로 인식되어 관광객의 발길이 끊이지 않고 있다고 한다. 한때. 외부인이 들어와 원주민이 곤욕을 치르기도 하였지만, 이곳은 인디언들의 영혼이 깃들어 있는 곳이자 나바호 인디언의 성지로 유네스코에 등재된 세계자연유산이기도 하다.

아주 큰 바위산 세 개가 산처럼 솟아 있는데 그 옆에는 크기를 가늠할 수 없는 너럭바위가 하나 더 있다. 어디로 와서 어디로 가고 있는가를 묻는 수도승의 손 같기도 하다. 일출이 시작되면 가장 아름답고 신성한 모습의 바위로 변한다.

사람들은 카메라에 담기 위해 서둘러 새벽을 일으킨다. 일행들도 모뉴먼트 밸리에 있는 호텔에서 하룻밤을 묵으며 일출을 보았다.

모뉴먼트 밸리 한가운데, 붉은 바위 봉우리를 정면으로 바라보는 자리에 더 뷰 호텔The View Hotel이 있다. 이름처럼 모든 객실의 발코니는 밸리를 향해 열려있다. 객실에 들어서자마자 문을 열고 밖으로 나갔다. 저 멀리 이스트 미튼과 웨스트 미튼이라 불리는 바위 봉우리가 어스름 속에 서있었다.

호텔 로비 한쪽에는 나바호 장인의 직조물과 전통 장신구가 전시되어 있다. 직원들은 대부분 나바호 출신이었고, 그들의 얼굴에는 조용한 자부심이 묻어났다. 관광객을 맞이하는 미소 속에는 친절을 넘어 자기 땅과 문화를 직접 지켜내고 소개한다는 뿌듯함이 담겨있는 듯했다. 안내 책자에서 창업자 아르맨다 오르테가가 말한 "우리 문화와 자연을 지키면서 방문객과 나누고 싶었다."는 내용을 이해할 수 있었다. 호텔은 나바호 공동체가 직접 세운 작은 문화의 창이었다.

붉은색 호텔은 자연과 조화를 이루려고 한 건축이 돋보였다. 저녁 9시가 넘어서자 호텔 뒤편에서 노을이 짙어졌다. 선선

한 사막바람을 타고 붉은 노을이 점차 짙어졌는데 사막에 깔리는 노을은 화성의 노을처럼 땅과 하늘이 하나로 보였다. 붉은 색이 회색빛으로 뒤덮이고 점차 어둠이 짙어진 하늘에 별이 총총 모습을 드러냈다. 별은 은하수처럼 흐르고 세상은 별의 천국으로 변했다. 마음은 우주선에서 별을 여행하듯 하늘을 날았다.

은하수, 별, 사막의 바람은 묵언 수행하는 인디언처럼 관광객을 고요히 잠들게 했다. 서늘한 공기에 눈을 떴을 때는 이미 일출이 시작되었다. 네 손가락을 모은 손모아장갑 모양의 바위에 태양이 얼굴을 붉혔다. 단순한 자연의 아름다움을 넘어 땅과 하늘이 하나로 연결되어 일출을 만들어내고 있는 모습이었다. 왜 나바호 사람들이 이곳을 성스럽게 느끼는지 이해가 되었다. 모뉴먼트 밸리의 일출은 땅의 역사와 사람들의 이야기가 스며든 시간의 의식이었다. 일출을 보니 인디언이 환생한 경전 같은 느낌이 들었다.

아침이 되면 이곳을 떠난다. 고요한 바람과 대지는 오래 기억될 것이다. 들판, 바위, 일출, 별은 가장 불가사의한 장면으로 저장되어 인생의 샹들리에처럼 앞날을 밝힐 것이다. 계절처럼 다시 돌아올 수는 없지만 먼 훗날 다시 찾는다면 그때도 파도처럼 번져가는 새벽을 맞을 것이다.

이른 꽃

2월의 주말, 겨울 날씨치고는 꽤 화창하다. 두 뺨에 닿는 찬 공기와 투명한 햇살을 맞으니 기분이 좋다. 겨울의 우중충한 옷들을 햇살 속으로 던져버리고 싶다.

늦은 아침을 챙겨 먹고 금오산으로 향한다. 구미에서 볼일도 보고, 금오산 아래 저수지 산책도 할 겸 길을 잡는다. 사람들은 많지 않다. 겨울 늦잠을 즐기는 중이라 생각한다.

금오산은 천지 재앙으로 대홍수가 나 세상이 물에 잠겼을 때, 오직 금오산만이 '거무(거미)' 처럼 남아 산이 되었다는 전설을 가지고 있다. 신라 승려 아도화상도 저녁노을 속에서 황금빛 까마귀를 보고 '태양의 기운을 받은 명산' 이라 했다고 한다.

태양의 기운을 받은 금오산을 바라보며 황금빛 까마귀를 찾아본다. 까마귀는 없고 알몸을 드러낸 허연 바위와 고요한 산만 눈에 들어온다. 까마귀 울음소리를 들으면 불길한 일이 생긴다고 어릴 적 아버지는 까마귀를 멀리했었다. 마당 밖 전봇대에서 까마귀가 울면 서둘러 쫓아냈다. 금오산이 황금빛 까마귀가 있는 산이라니 까마귀가 새롭게 인식된다.

금오산을 오르기 전 금오지로 걸음을 옮긴다. 살아있기는 한 것인지 움직임 없는 가로수를 지나 저수지 둘레길로 든다. 금호지는 연인을 데리고 한 바퀴 돌면 사랑이 이루어지고, 가족이 함께 두 바퀴 돌면 건강해진다는 속설이 있다. 세 바퀴를 돌면 소원이 이루어진다고 하니 이참에 남편과 몇 바퀴를 돌아야겠다. 건강도 챙기고, 소원도 이루려는 욕심을 꺼내본다. 발걸음이 가볍다.

저수지 둘레에는 올레길이 조성되어 있다. 수변 산책로, 부교, 공연장, 전망대, 조각공원, 야생초화원, 방문자센터 등 다양한 휴식 공간도 있다. 산책로 옆 왼쪽에는 김이 모락모락 나는 포차가 있다. 번데기와 대나무 꼬치에 몸을 맡긴 어묵이 익어가는 중이다. 냄새와 온기가 식욕을 자극한다. 둘러본 후 어묵 국물로 목을 축이리라 생각하며 걸음을 재촉한다.

저수지 중간쯤에 공연장이 보인다. 야외 공연장이다. 무대가 있고 관객이 앉을 수 있는 덱이 있다. 갈색 모자를 쓴 가수가 무대를 꾸민다. 배너를 세우고 음향을 점검하고 마이크를 켠다. 기타를 튕겨 음을 조율한다. 혼자서 모든 것을 다 하는 모습이 여러 번 해본 솜씨다. 저수지에 아직 얼음이 녹지 않았는데 손이 얼지나 않을까 그를 지켜본다. 남자는 전혀 상관없다는 듯 기타를 친다. 〈사람이 꽃보다 아름다워〉를 부르고 〈예스터데이〉를 부른다. 얼어붙은 저수지를 녹일 기세다.

심장이 벌름거린다. 감각이 살아난다. 관객들도 동화되었는지 손뼉을 치며 환호한다. 적진을 탈환해 환호하는 포효처럼 우렁찬 함성과 박수가 터진다. 한 줄기 바람이 거세다. 배너가 쓰러지고 지푸라기가 날려 가수의 갈색 모자 위를 걸친다. 그는 아랑곳하지 않고 자신의 노래에 빠져 소리를 높인다. 그의 노랫소리가 금오지에 울려 퍼진다. 그의 연주에 빠져 나 또한 오늘이 행복한 이유 하나를 찾는다. 휴식 시간이 되었는지 그가 기타를 정리한다. 나도 금오지를 따라 다시 걷는다.

길은 야생화 정원으로 이어진다. 봄이면 붉은 꽃과 푸른 잎들이 있을 정원이다. 겨울잠을 자듯 앙상한 개나리 울타리를 지난다. 무색인 울타리 속에서 노오란 꽃잎 하나가 보인다. 개나리다. 벌써! 내일이면 당장 얼어버릴지도 모르는 노오란 개나리꽃 한 송이가 막 눈을 떴다. 어쩌다가 잠을 깼을까. 봄이 되려면 아직 한참 남았는데. 안타까운 마음에 두 손으로 온기를 불어넣듯 감싸 보지만 임시방편이다.

꽃을 살리고 얼지 않게 하는 뾰족한 방법이 없을까. 어쩔수 없다. 그냥 받아들이자. 꽃도 자신의 운명을 알고 받아들일지도 모른다. 어쩌면 오늘의 주인공이 될 수도 있다. 잎 하나없는 울타리에서 가장 먼저 눈 뜬 유일한 생명이니 당연히 주인공이다. 살다 보면 꽃처럼 그런 날이 올지도 모르겠다. 이른봄 제일 먼저 피는 꽃 한 송이처럼 계절을 밝히는 꽃이 될 수도있을 것이다. 그 꽃이 희생해 모든 꽃을 피게 할 수도 있을 것이다. 붉은 손으로 기타를 치는 가수처럼 치열하게 살다 보면투혼을 알아주는 그런 날이 올 것이다.

개나리를 뒤로하고 다시 길을 걷는다. 공연도 잦아들고 해도 기웃한다. 내일은 오늘보다 더 따뜻했으면 좋겠다.

바람의 길목에서 길을 찾다

바람이 어깨를 친다. 가을인가. 나뭇잎 하나가 단풍처럼 떨어진다. 나무도 가을을 타는가. 바람만 있고 양들만 있던 몽골 초원이 떠오른다. 나무 그림자 하나 없던 몽골 초원이다. 게르 앞에서 생수를 부어 목을 축여주던 대추나무를 떠올린다.

게르의 밤은 추웠다. 평화롭던 몽골 초원은 사계절을 품고 있었다. 한낮은 여름이었고 초저녁은 가을이었다. 아침이 되면 다시 봄이 왔고 한밤중은 겨울이었다. 하루에 사계절이 공존하는 6월의 몽골 초원은 아직도 내 머리에 남아 기억을 소환한다.

몽골 여행 첫날, 나무가 없다는 사실에 놀랐다. 울란바토르의 평범한 가로수를 보고 초원으로 들어섰을 때만 해도 그저 나무가 좀 드문가 했다. 그러나 사흘이 지나도록 나무 같은 나무는 한 그루도 없었다. 하늘과 땅 사이를 경계 짓는 산도 없고 나무도 없고 오로지 초원뿐이었다.

동물들만이 유유히 초원에서 바람을 타고 이동하고 있었다. 우리 또한 바람을 좇는 이방인이었다. 끝없이 펼쳐지는 푸른 초원에서 우리는 점점 무언가를 잃어가고 있었다. 구분 짓는 선도 방향을 알려주는 나무 이정표도 없는 그곳에서 우리는 결국 길을 잃었다. 버스도 멈췄고, 인터넷도 끊겼다. 사람들의 수런수런 소리도 잦아들고 바람 소리만 선명했다. 그 밋밋한 초원에서 나는 나무를 찾고 있었다.

초원에서 나무는 잘 자라지 못한다고 했다. 양이나 소, 말들이 나무의 뿌리까지 먹어 살아남기 힘들고, 사막의 황사 바람 또한 나무를 가만두지 않는다고 했다. 오죽하면 우리나라에서 몽골에 나무 심기 도움을 주었을까.

이곳의 나무는 몽골 유목민의 이정표다. 시작을 알리고 끝을 알리는, 다시 시작을 알리는 표식이다. 그런데 초원에 그 상징 하나 없으니 버스가 길을 잃는 것도 당연한 일일 것이다.

방향을 잃는다는 것은 단순히 길을 잃는 것이 아니라 균형을 잃는 것이다. 균형을 잃으면 살아있는 모든 감각을 깨워 다시 세워야 한다. 더 이상 길을 잃지 않기 위해 감각을 깨운다.

몽골인은 어릴 때부터 길을 배운다. 모든 감각을 동원해 초원의 길을 익히며 강물의 모양과 바람의 냄새, 별의 방향으로 길을 찾는 연습을 한다.

가끔 도시에서 길을 잃는다. 표지판을 보고도 길을 찾지 못할 때가 있다. 지도를 보거나 이정표를 보고 길을 찾지만, 익숙하지 않은 길에서는 바로 앞에 두고도 헤매기 일쑤다.

마음의 길을 잃어버릴 때는 더욱 난감하다. 낯선 길로 들어 타인의 원망을 사기도 하고, 바른길이라고 가다가도 늪을 만날 때가 있다. 되돌아가기엔 너무 멀어 엉거주춤 한숨을 토해낸다. 돈도, 사람도, 용기도 잃을 때쯤 다시 나타나는 길은 바람의 길목에서 돌연듯 나타난다. 마음 자락을 훑고 지나간 바람의 길목에서 비로소 길이 보인다. 몽골의 유목민이 바람의 방향과 냄새로 길을 찾듯 길을 찾게 된다.

길은 언제나 우리 곁에 있지만 바른길을 찾는 것은 더욱 어렵다. 나무나 바위 이정표가 있으면 도움이 된다. 인생에도 나무 이정표가 필요하다.

기사가 길을 찾는 동안 버스에서 내려 야생화를 보았다. 이 꽃들이 이곳에서는 이정표가 될 수 있다는 생각이 들었다. 뿌리를 내릴 수 없는 땅에서 피어난 꽃이지만 길을 알려주는 생명이었다. '나는 여기에 있다. 비록 작고 낮지만 살아 방향을 제시하고 있다.' 라며 말하는 듯했다.

버스가 출발했다. 다시 길을 찾은 모양이다. 예정보다 늦게 게르에 도착했지만 괜찮았다. 초원에서 하늘도 보고, 말똥, 소똥 냄새도 맡았으니 여행의 향기는 충분히 느낀 셈이다. 게르 앞마당에 작은 대추나무가 뿌리를 내리고 있었다. 가지고 있던 생수 한 병을 통째로 부어주었다. 누군가의 이정표가 되기를 바라며 나무가 자라기를 빌었다. 바람 한 줄기가 대추나무를 흔들었다.

샌프란시스코의 주말

골든게이트가 무너지는 상상을 한다. 수많은 영화에서는 오늘도 골든게이트를 파괴하고 있다. 지구의 종말이나 핵전쟁, 샌 안드레아스 단층 등 지구나 샌프란시스코가 위협을 당하는 영화에서는 어김없이 골든게이트가 무너진다. 심지어는 대학생들의 특수효과 과제에서도 금문교는 부서진다. 금문교는 샌프란시스코를 대표하는 건축물이기 때문이다.

금문교를 보기 위해 버스를 탔다. 유니온스퀘어 근처 호텔에서 버스를 탔는데, 가는 길에 잠시 돌로레스 공원에 들러 피크닉을 즐겼다. 공원은 주말 가족 나들이를 나온 사람들로 북적였다. 돗자리를 깔고 책을 읽는 사람들도 있고, 햇볕을 쬐며 선탠을 하는 사람들도 있었다.

우리는 샌드위치와 딸기 맛 요거트를 먹었다. 오는 길에 트램을 타려고 길게 늘어선 사람들을 보았는데, 오후에 타보기로 하고 버스에 올랐다. 금문교까지는 버스를 몇 번 갈아타야 했다. 버스는 도시의 문화를 보여준다는데, 우리나라 버스와는 다르게 다소 지저분했다. 음료 자국과 먼지가 눌어붙어 닦아내어도 깨끗해지지 않았다. 빈 좌석이 있어도 서서 가는 사람들도 있었는데, 아마도 지저분한 의자 탓인 듯했다.

샌프란시스코는 특이한 냄새가 거리마다 조금씩 배어있다. 대마초 풀 냄새라고 하는데, 대마초 냄새를 맡아 본 적이 없어 그냥 꿉꿉한 냄새려니 했다. 거리에서는 노숙자를 쉽게 볼 수 있고, 술과 마약에 취해 비틀거리는 사람도 만날 수 있다. 유리문을 부수고 차량을 터는 차량털이범이 많아 차량정비소가 호황을 누리고 있다는 샌프란시스코는 피해 금액 3,000달러 이하는 경찰 수사조차 하지 않는다고 한다. 그만큼 범죄도 잦고 도시가 위험한 것 같아 이동하는 동안 가방과 여권을 수시로 챙겼다.

낮에는 관광지였다가 밤이 되면 슬럼가로 변하는 이곳, 그러나 이곳은 IT와 TECH의 중심도시다. 이 도시의 극명한 대비를 보는 것 같아 마음이 착잡했다. 가진 자는 지키려 애쓰고, 없는 자는 빼앗으려 애쓰는 도시의 모습은 천의 얼굴을 가진

‘오딘’을 떠올리게 했다.

금문교를 보기 위해 해변에 도착했다. 금문교는 조셉 스트라우스가 설계한 현수교로 1937년에 완공되었다. 길이는 2,737m이며, 미국에서는 가장 긴 다리로 인정받고 있다. 금문교는 지구 한 바퀴를 돌고도 남을 와이어가 다리를 지탱하고 있으며, 백이십만 개나 되는 대갈못이 박혀있다. 자살을 위해 샌프란시스코로 온다는 이야기가 있을 정도로 자살 다리로도 유명한 이 다리는 지금은 자살 방지를 위해 철망을 세워두고 있다.

붉은색 금문교 위를 직접 걸어보았다. 바람이 강하게 불었다. 다리 주변 해안가로는 꽃을 심어 화단을 조성해 놓았다. 휴식을 취하거나 산책하기에 안성맞춤이다. 자전거를 타거나 조깅하는 모습도 눈에 띄었다. 이러한 모습은 도시 어디서나 볼 수 있는 풍경이기도 하다. 방문객 센터에 들러 아기자기하게 만들어 놓은 다리나 인형, 감옥 등을 구경했다. 모형 속 감옥은 죄의 무게를 말려버린 듯 손안에 꼭 들어왔다.

금문교에서 앨커트래즈를 보았다. 늘 안개가 짙어 바다 건너 섬을 볼 수 없을 때도 있는데, 때마침 햇볕이 좋아 섬을 볼 수 있었다. 지옥의 섬으로 유명한 앨커트래즈는 샌프란시스코 해안에서 약 2.4km 떨어진 곳에 있다.

앨커트래즈는 흉악범들이 수감 됐던 교도소로 유명하지만, 지금은 관광명소로 더 유명하다. 짙은 안개 사이 매섭게 부는 바닷바람이 섬 전체를 두르고 있고, 조류도 거칠고 수온도 낮아 탈옥이 거의 어렵다. 그러나 1962년 3명의 수감자가 탈주하게 되었고, 훗날 〈앨커트래즈 탈출〉이라는 영화가 나오기도 했다.

우리가 알고 있는 전설적인 갱 알 카포네나 조지 켈리가 이곳에서 수감 생활을 하였다. 1970년대 국립공원으로 지정된 이후, 이곳은 관광지로 개발되고 투어 프로그램도 개발되어 으스스한 교도소 분위기를 체험할 수 있게 되었다.

일정 때문에 직접 앨커트래즈섬을 오르지는 못했다. 하지만 앨커트래즈를 향해 배에 오른 사람들을 보았는데, 영화 〈앨커트래즈 탈출〉의 '프랭크 모리스' 역 클린턴 이스트 우드의 모습을 겹쳐보았다. 코트를 입고 배에서 내리는 그의 모습은 흉악범이라기보다는 너무나 평범해, 영화를 보는 내내 그에게 이끌렸다. 밤이 되면 바다 건너 바라다보이는 샌프란시스코의 불빛은 독방에 갇힌 죄수들에게 또 다른 고문이었을 것이다. 빛은 인간에게 감옥과도 같은 또 다른 희망 고문을 안긴다. 죄수는 도망치려 하고, 간수는 지키려 하는 앨커트래즈의 모습이 눈앞에서 아른거렸다.

　　금문교와 앨커트래즈를 떠나보내며 트램을 타기 위해 버스에 올랐다. 샌프란시스코의 주말은 아직 보여줄 것이 많았다.

아직 채워지지 않은 빈칸

칵테일처럼 화려하지도 않고, 와인처럼 숙성되어 있지도 않은 것이 내 모습이다. 그러나 여행에서만큼은 화려한 경험을 꿈꾼다. 잘 알지 못하는 분야에 도전한 후 숙성된 와인처럼 재미있었다고 기억한다. 버킷리스트다. 내게 있어 버킷리스트는 사후 경험에 의한 것이며, 모르는 것을 알게 되는 과정이다.

캐나다 여행에서 가장 기억에 남는 체험은 호텔에서 칵테일 클래스에 참가한 일이다. 총 두 팀, 인원으로는 7명 정도 호텔에서 운영하는 칵테일 클래스에 참여했다.

술에 대해서는 문외한이다. 맥주 한 캔도 마시지 못할 정도로 주량이 약하고, 술자리도 즐기지 않는 편이다. 그러나 무료이기도 하고, 호텔에서의 칵테일 클래스가 처음이라 참여해 보기로 했다. 통역 앱을 켜 강사이자 바텐더의 수업을 경청했는데, 딸의 통역을 보태 진도를 따라갔다.

보드카, 위스키, 칵테일에는 그에 얽힌 문화와 전설 그리고 숨은 이야기가 있다는 것을 알게 되었다. 술에도 매혹적인 이야기가 숨어 있었다. 총 4~5종의 칵테일을 만드는 동안 다양한 술에 얽힌 사연을 들었다. 유럽이나 이탈리아 정원에서 유래된 술 역사도 전해 들었으며, 꽃과 공주에 얽힌 이야기도 즐겁게 들었다.

칵테일은 이름 있는 보드카나 숙성된 술들의 혼합체다. 햇살 밝은 정원에서 순수한 사람이 가꾼 듯한 맛과 향을 가진 칵테일은 보통 40도가 넘는 술들의 배합이었다. 만들어진 칵테일의 색깔은 100도의 화려함이었다. 수업에서 만든 칵테일을 조금 맛보았는데, 칵테일 클래스에서 만든 술을 모두 마셨다면 아마도 온전히 살아 한국으로 돌아오지 못했을 것이다.

바텐더의 손은 빠르고 정확했으며, 마지막 향을 입힐 때는 날렵했다. 칵테일은 계량하는 잔이나 잔의 재질 등이 중요했다. 칵테일을 만드는 일은 실험실의 과학자처럼 정확하고 섬세한 작업이었다. 술의 온도, 잔의 재질, 숙성기간, 재료의 배합에 따라 칵테일의 얼굴도 다른 모습으로 변했다. 술도 품격과 얼굴이 있었다.

밴쿠버로 오는 길에 포도주 농장에도 들렀었는데 이곳에서도 와인에 대한 설명을 들었다. 숙성과 재료에 따른 12종류의 와인을 맛보았다. 와인 역시 숙성이 맛을 좌우했다. 사람도 와인처럼 숙성시킨다면 신과 같은 존재가 될지 문득 궁금해졌다.

칵테일 클래스가 끝난 후 애프터눈티 시간을 가졌다. 이 또한 버킷리스트 목록에 오른 경험이다. 애프터눈티는 오후에 즐기는 티타임으로, 차와 샌드위치, 스콘, 케이크 등을 3단 트레이너에 담아 먹는 문화이다. 창가 좌석을 예약해 다양한 차를 마시며 디저트를 맛보았는데, 창문 밖으로 보이는 레이크 루이스 호수의 풍경은 그림 같았다. 창문 너머 호수 풍경은 한 폭의 그림액자였고, 그것은 햇살에 따라 시시각각 살아 움직이는 호수였다.

좌석 매니저는 디저트의 색깔과 모양, 재료 하나하나 설명을 곁들였는데 호수의 광경에 마음을 뺏겨 순간순간 놓쳤다. 먹기에는 너무 완벽해 쉽게 손이 가지 않는 디저트였지만 붉은색 쿠키를 한입 베어 물었다. 달콤했다. 짠 음식을 먹고 단 음식을 디저트로 먹는 이 나라 사람들 입맛에는 맞을 것 같았다. 차향은 그윽했다. 모처럼 중세 시대 귀족이 된 듯 우아하게 차를 마셨다. 내 인생에서 가장 비싼 차일수도 있다고 생각하며 찻잔을 기울였다.

　버킷리스트는 자신이 원하는 것을 도전해 보는 일이다. 버킷리스트는 자신을 이해하고 알아가는 과정이기도 하다. 삶은 언제나 예측할 수 없고, 그 불확실성 속에서 종종 방향을 잃는다. 버킷리스트는 그 속에서도 자신의 길을 찾게 도와주는 나침반 같은 역할을 한다. 아직 끝나지 않은 나만의 리스트가 있다는 것은, 여전히 살아갈 이유가 있다는 뜻이다. 무엇을 하고 싶은지 무엇을 원하는지 알아차리길 바란다.

　남은 버킷리스트를 적어본다. 아직 채워지지 않은 빈칸이지만 가슴이 뛴다. 도전하고 변화하는 여정 속에서 새로운 시도가 옥수수에 알이 차오르듯 일어나기를 바란다.

로키의 크레바스, 주유소

여행은 평온하다가도 갑자기 나타나는 빙하처럼 난감할 때가 있다. 아무리 잘 계획하고 준비해도 크레바스가 생긴다. 시간의 크레바스다. 캐나다 로키의 길 위에서 빙하의 크레바스처럼 시공간을 헤맨 적이 있다.

길은 끝도 없이 이어졌다. 산맥은 여전히 거대한 벽처럼 차창을 메웠다. 비는 쏟아지고 바람은 부딪침 없이 불었다. 나무는 어둠 속에서도 일제히 몸을 흔들었고, 바위는 오래된 별처럼 묵직하게 누워있었다. 차창 밖 풍경은 마치 무한히 반복되는 필름 같았다. 시간도, 거리도, 종착지도 알 수 없는 길 위에서 불안해지기 시작했다.

콜롬비아 빙원(Columbia Ice field)을 보고 오는 길이다. 콜롬비아 빙원은 약 1만 년 전 고대의 눈이 압축되어 생긴 것이다. 여행지마다 병풍처럼 서 있는 얼음산이 콜롬비아 빙원이라는 사실을 빙하 앞에 서자 비로소 알게 되었다. 설상차를 타고 콜롬비아 아이스필드 애서배스카를 둘러보았는데, 설상차는 남극에 한 대 그리고 캐나다에 총 22대가 있다. 전 세계에서 23대밖에 없는 설상차를 타고 빙하를 둘러보는 경험은, 생각했던 것보다 경이롭고 신비했다. 빙하를 밟고 달리는 설상차의 중력과 진동은 지구의 숨결을 마주하는 듯 흥분되었다.

설상차에서 내려 얼음 위를 조심히 걸어보았다. 빙하의 갈라진 틈 크레바스가 보였다. 크레바스는 빙하에서 가장 위험한 존재다. 빙하를 등반하는 사람들은 크레바스에 빠져 종종 목숨을 잃는다고 한다. 갈라진 얼음 틈 끝이 없는 공간 크레바스를 너무 오래 본 탓일까. 숙소로 돌아가는 일정이 늦어버렸다. 비가 쏟아지는 로키의 도로는 크레바스처럼 우리의 발목을 잡았다.

로키의 길 위에서 우리는 시간 크레바스가 점차 깊어지고 있다는 것을 알게 되었다. 자동차 계기판에 붉은빛이 켜진 것이다. 기름이 바닥나고 있었다. 가슴이 철렁 내려앉았다. 인터넷은 이미 오래전 끊겼다. 지도를 펼 수도, 주유소의 위치를 검색할 수도 없었다. 물어볼 사람조차 없는 산중에서 우리가 가진 것은 오로지 깜박이는 불빛과 비 내리는 도로뿐이었다.

서로 말이 줄었고, 불안이 목구멍을 타고 침묵으로 이어졌다. 혹시 이곳에서 멈춘다면? 아무도 모르는 이 깊은 산중에서 어떻게 될까.

눈 앞에 펼쳐진 길은 너무 거대했고 우리의 존재는 티끌처럼 작았다. 도로 위를 굴러가는 자동차조차도 뜸해지고, 인간이 사라진 도로에 갇힌 것처럼 불안은 커졌다. 시간은 또 왜 그렇게 느리게 흐르는지. 바늘은 점점 '빈칸'을 향해 내려가고 있었다. 차는 언제 멈춰버릴지 알 수 없었다.

허연 바위가 눈에 들어왔다. 마치 이정표라도 되는 듯 존재감을 드러내며 어둠을 밝혔다. 바위의 위력 때문일까. 더 이상 포기할 것이 없으면 다시 힘이 솟는 것처럼 불빛이 보였다. 촛불처럼 작고 가냘픈 빛이었지만 분명 은하수처럼 환했다.

가까이 다가서니 작은 마을이 보였다. 마을이라 부르기에는 너무 작아 국립공원에 조성된 숙소 같은 곳이었지만 우리에겐 오아시스 같은 곳이었다. 그곳에 주유소가 있었다. 밤 열 시를 넘긴 시각이었지만 반갑게 맞아주었다.

"이 근처엔 주유소가 여기밖에 없다."라며 친절을 보였는데, 더러 우리 같은 여행객을 만나는 듯했다.

안도의 숨을 몰아쉬며 여기가 로키임을 실감했다. 한국에서는 한두 시간이면 주유소를 찾을 수 있지만 이곳은 몇 시간을 달려야 겨우 주유소가 나온다. 오직 자연만이 주인인 이곳이 태백산맥의 열 배 크기인 로키산맥의 어느 산속임을 실감했다.

그 후 우리는 아침마다 기름을 채웠다. 사람이 밥을 먹듯 자동차에도 연료를 먹였다. '주유는 곧 생명 유지' 라는 사실을 로키의 깊은 산중에서 절실하게 깨달았다.

자동차도 생명과 다름없다. 때가 되면 밥을 먹고 일을 한다. 기계도 숨을 쉬고 함께 버티는 동료라는 생각을 문득 하게 된다.

여행은 크레바스와 같은 위험을 경험하게 한다. 미세한 균열을 주기도 하고 그 균열을 넓히기도 한다. 이번 여행에서 행복도 균열이 있음을 알게 되었다. 행복의 균열은 삶의 곳곳마다 숨겨져 있다. 자연은 균열도 주고 시련도 준다. 그것을 찾아내고 극복하는 방법은 각자의 몫이다.

생각보다 진실하고 순수한 자연이기에 우리는 각자의 크레바스를 무난히 경험하게 될 것이다. 나의 크레바스도 깊지 않았으면 좋겠다. 방 탈출 게임에서 열쇠를 돌려 방을 탈출하듯 그렇게 문을 열고 나가기를 바란다.

키스의 향기

빈센트 반 고흐의 〈아이리스〉가 걸려있는 게티 센터Getty Center를 찾았다. 게티 센터는 미국 캘리포니아주 로스앤젤레스에 위치한 건물로, J. 폴 게티 미술관이 있다. 게티 재단이 운영하는 뮤지엄인데 백색의 건축가인 리처드 마이어가 건축한 것으로 현대건축사에서 가장 아름다운 건축물로 불린다.

지하 주차장에서 트램을 타고 미술관으로 이동하니 시원한 물줄기와 함께 아름다운 대리석 건물이 펼쳐진다. 이곳은 입장료가 전액 무료다. 미국의 석유 사업가로 대부호였던 장 폴 케티가 기증한 재단으로 그가 살아생전 수집한 예술 작품들이 이곳에 모여있다. 13년에 걸쳐 1997년에 완공되었는데 장 폴 게티는 살아생전 이 건물을 보지는 못했다고 한다.

게티 재단에서 미국의 추상 미술가이자 건축가인 리처드 마이어에게 건축을 맡겼는데, 그는 하늘과 태양, 구름에 의해 계속 변화하는 자유로운 색 흰색으로 공간을 꾸몄다고 한다. 빛과 공간의 유희가 절묘해 여의도 공원 면적의 2배나 되는 공간을 편안하게 관람할 수 있다. 자연광을 갤러리 내부에 비추게 하고, 휴식과 전망을 연결한 구조는 아름다움을 절제된 언어로 표현한 건축가의 의지를 돋보이게 한다.

실지로 미술관을 관람하는 내내 탁 트인 전망과 흐르는 물, 그리고 세련된 건물에 지루한 줄 몰랐다. 게티 건물 테라스에서 아래를 내려다보면 LA 시내가 한눈에 들어온다. 산타모니카 해변과 고속도로 전망도 시시각각 즐길 수 있다.

나는 미술관에서 빈센트 반 고흐의 〈아이리스〉와 마네의 〈봄〉, 모네의 〈해돋이〉 등 여러 작품을 보았다. 고흐의 〈아이리스〉 앞에서는 많은 사람이 모여 그림을 감상하고 있었다. 이 그림은 고흐가 정신병원에 있을 때 그린 그림으로 붓꽃의 일종인 보라색의 아이리스를 담았다. 달콤한 키스의 향기가 난다는 이 꽃의 꽃말은 '좋은 소식을 전해주세요' 다. 고흐가 꽃말을 생각하며 그린 것인지는 알 수 없지만, 그는 정신병원에서 향긋한 아이리스 향기를 자기의 삶에 적용하고 싶었을지도 모른다. 끝내 아이리스와 같은 달콤한 키스의 향기를 느껴보지 못한 채

권총으로 자살하고 말았지만, 그의 작품에서 키스보다 더 진한 향기를 느낀다. 한쪽 귀를 잘라 버릴 정도로 예민했던 그가 후세에서는 추앙받는 화가가 되었으니 이 또한 아이리스가 아닐까 생각한다.

장 폴 게티 역시 마찬가지다. 그는 대부호였지만 자린고비처럼 돈을 무척 아끼는 사람이었다. 세탁비를 아끼기 위해 화장실에서 직접 빨래했다고 하며, 파티에 온 사람들이 집 전화 대신 공중전화를 이용하게 했다는 일화도 있다. 이탈리아 로마 마피아에게 손자가 유괴되어 수십 억의 돈을 요구했을 때도 순순히 타협하지 않았으며, 한번 구매한 옷은 낡고 헤질 때까지 10년 넘게 입었다. 심지어는 런던에 거주하면서 물가가 비싸다는 이유로 물가가 저렴한 1시간 거리의 외곽지에 집을 마련했다고 한다. 그런 그가 예술품 사랑은 남달랐는지 수많은 회화와 공예, 조각 작품들을 수집했다. 그리고 그것을 무료로 일반인들에게 공개했다고 하니, 그의 마음 어딘가에 우리가 이해하지 못하는 집념이 키스보다 더 진하게 배어있는 것 같다.

게티 센터에서 미술관을 둘러보고 백색의 건물을 주의 깊게 본 뒤 정원으로 향했다. 미술관과 건축에 덧붙여 게티 센터의 정원은 또 하나의 자랑거리이다. 게티의 정원은 로버트 어윈이 총괄하여 '오감 만족'이라는 주제로 만들어진 꽃의 미로

이다. 나무와 꽃, 조경과 조각 작품들이 게티 센터의 자연경관과 어우러져 고즈넉한 분위기를 연출한다.

정원을 따라 산책하며 거인의 버섯처럼 생긴 꽃 모둠 앞에서 사진을 찍었다. 영어로 된 이름이 있는 것 같았는데 정확한 이름은 기억하지 못한다. 세상에 이름 없는 꽃이 어디 있으며 이름 없는 나무가 어디 있겠느냐마는 그 신기하게 생긴 꽃 버섯에 감동을 받았다. 그냥 아름다운 정원을 거니는 것만으로도 행복했다.

게티 센터를 빠져나오며 생각에 잠겼다. 이렇게 아름다운 게티 센터를 건축한 리차드 마이어는 성추행으로 조기 은퇴하였으며, 장 폴 게티 또한 다섯 번이나 결혼하고 이혼했다. 자신의 석유회사는 그가 사망한 이후 재산 분쟁으로 유족에 의해 텍사코에 매각되었으며, 그의 미술관에 걸려 있는 고흐는 귀가 잘린 채 총으로 자기 가슴을 쏘아 생을 마감하였다. 그러함에도 게티 센터는 우리에게 꿈을 심어준다. LA 시내를 바라보며 아이리스와 같은 달콤한 키스의 향기를 날린다. 아이리스의 향기를 뒤로한 채 길을 나선다.

사랑도 말을 알아들었으면 좋겠습니다

발행 ǀ 2026년 1월 20일

지은이 ǀ 김남희

발행인 ǀ 신중현
표지디자인 ǀ 박병철
책임편집 ǀ 양성애
책임교정 ǀ 박선아
마케팅 ǀ 신호철

펴낸곳 ǀ 도서출판 학이사
출판등록 ǀ 제25100-2005-28호

　　　대구광역시 달서구 문화회관11안길 22-1(장동)
　　　전화_(053) 554-3431, 3432　팩시밀리_(053) 554-3433
　　　홈페이지_http://www.학이사.kr
　　　이메일_hes3431@naver.com

ISBN _ 979-11-5854-602-1 03810